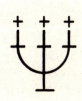

ABENDLAND — HÜTER DER FLAMME

© by Frédéric Lionel, Paris

Zeichnung des Buchdeckels:
Eleonora Heine-Jundi, Rolandseck

Copyright für alle Auflagen und Ausgaben
des deutschsprachigen Originals by Otto Reichl Verlag, Remagen.
Alle Rechte vorbehalten.
Gesamtherstellung: Verlagsdruckerei Otto W. Zluhan 712 Bietigheim
ISBN 3 87667 052 7

FRÉDÉRIC LIONEL

ABENDLAND
HÜTER DER FLAMME

DER LEUCHTER
OTTO REICHL VERLAG
REMAGEN

André Karquel,

dem Philosophen

und Denker,

in tiefer Dankbarkeit gewidmet

INHALT

	Vorwort	11
I	Keltische Weisheit	13
II	Das verborgene Abendland	25
III	Aufstieg zur Freiheit	37
IV	Im Rhythmus der Weltseele	46
V	Der Stein der Weisen	57
VI	Die Pyramide, Sinnbild der lebenden Geometrie	68
VII	Gesang der Sirene	79
VIII	Die hermetische Bildschrift	87
IX	Das Rätsel der Quadratur	95
X	Die Kunst als Brücke zum Verständnis	102
XI	Ein Reittier der Götter	111
XII	Das Erwachen zum Wesentlichen	118
XIII	Der Tod und sein Mysterium	129
XIV	Psyche, griechisch Schmetterling	136
XV	Die Urquelle des ewig Wahren	141
XVI	Die Magie des Pentagramms	149
XVII	Illusion und Initiation	157
XVIII	Das Heilig-Unantastbare	167
IXX	Vom Intellekt zur Geistigkeit	175
XX	Das große Abenteuer	181
	Nachwort	185

VORWORT

Der Geschichtsforscher, selbst wenn er sich mit größter Sorgfalt auf alle ihm zugänglichen Urkunden stützt, kann nur Rechenschaft ablegen von Ereignissen, deren Zeuge er nicht war.
Es ist demzufolge begreiflich, daß Berichte von Historikern verschiedener Zeitperioden oder verschiedener Nationalitäten sich jeweils widersprechen.

Es gibt allerdings eine Möglichkeit, diese Widersprüche zu überbrücken. Dazu muß man bereit sein, das geschichtliche Geschehen aus dem Blickfeld einer Tradition zu betrachten, die das mystische Erbgut der Menschheit einschließt. Dann zeigt sich der Leitfaden, der den Ursprung mit dem Ablauf der Ereignisse verbindet, ohne von Raum und Zeit beeinträchtigt zu sein.

So betrachtet, vermittelt die Überlieferung — von den Schlacken der im Laufe der Jahrhunderte zugetragenen Elemente befreit — das Wesentliche, den Rhythmus des Geschehens, das Hin- und Herpendeln der Zeituhr im Takt der Seele des Universums.

Mythos, Symbole, Legenden — wenn auch verschlüsselt und historisch oft unbeweisbar — sind uns wertvolle Wegweiser zu einem übersinnlichen Verständnis.

Um das Wesen der westlichen Zivilisation richtig zu erfassen, ist es notwendig, auch seine verborgenen Seiten zu erkennen, d. h. die Botschaften der Symbolik der Sagen und der Mythologie, die die geistige Entwicklung des Abendlandes stärkstens beeinflusst haben, zu entschleiern.

Die historischen Ereignisse sind in diesem Licht Entwicklungsstufen eines immerwährenden Fortschrittes, einer Evolution, die dem Gesetz des Lebens entspricht. Dieses Gesetz zu erkennen und in dieser Erkenntnis mitzuhelfen an dem nie endenden Fortschritt des großen Werkes der Natur, ist das Ziel, das dem Autor vor Augen schwebte.

I
KELTISCHE WEISHEIT

»Der Weise begreift das Mysterium des Gottes, für den Narren ist selbst seine offengelegte Lehre nutzlos.«
Sophokles

Die Erforschung des Wesens des »verborgenen« Abendlandes kann nur im Bewußtsein seiner allmählichen Entwicklung unternommen werden. Diese war das Ergebnis der häufigen kriegerischen Einbrüche und des Aufeinanderprallens von Gedankenströmungen, die aus der Vermischung der gelben, schwarzen, weißen und roten Rassen resultierten.

Das Wesentliche, die Seele des Abendlandes, schwingt in einem ihr eigenen Rhythmus, und diese Eigentümlichkeit kommt immer wieder in den ägyptischen, persischen, chinesischen und lateinischen Dokumenten zum Ausdruck.

Eine Zivilisation ist nicht, wie manche glauben, die Summe der Mittel, über welche eine Gemeinschaft verfügt, sondern die Besonderheit der Beziehungen, die die Menschen dieser Zivilisation mit dem Universum verbinden.
Das Universum des Menschen, sagt der Weise, ähnelt einer Perlenkette: getrennt haben die einzelnen Perlen keinen Zusammenhang, dieser wird ihnen erst durch den Faden gegeben, der sie vereint. Beim Universum des Menschen ist der Faden das divine Gesetz, das den Einzelmenschen nicht nur mit der Menschheit verbindet, sondern ihm auch ermöglicht, durch Erweiterung seines eigenen Bewußtseins an das transzendentale Bewußtsein anzuklingen.

Die geniale Besonderheit der abendländischen Zivilisation trat schon sehr früh in Griechenland zutage.

Man spricht vom griechischen Wunder, einem Erbgut, auf das das Abendland mit Stolz blickt. Man vergißt jedoch manchmal, daß dieses Wunder keineswegs aus dem Nichts erblühte, sondern seine Entstehung viel älteren Kulturen verdankt, deren Ursprung sich in der Nacht der Zeit verliert. So der keltischen:

Vieles ist darüber geschrieben worden, darum soll hier nur die initiatische Überlieferung beleuchtet werden. Sie klingt wie das Echo einer uralten Weisheit an unser inneres Ohr, wenn es sich fernhält von den lärmenden Mißklängen einer allzu rationalen Begriffswelt.

Der Ursprung des keltischen Volkes und der verschiedenen Stämme, die es bildeten, ist ungeklärt. Man nimmt an, daß die Heimat dieses Volkes sich in Skythien befand, einer Gegend, die sich vom Kaspischen und Schwarzen Meer bis zum nördlichen Eismeer erstreckt.

Es ist daher naheliegend sich zu fragen, ob die keltische und die vom Mythos als hyperboreanische Tradition gekennzeichnete Überlieferung eine und dieselbe sind.

Der Mythos ist eine symbolische Umschreibung der inneren und äußeren Kämpfe des Menschen. Das Symbol ermöglicht ein Verständnis, das auf überrationaler Ebene stattfindet. Es erklärt nicht, sondern soll zu einer Erkenntnis führen, die sich der nur logischen Schlußfolgerung entzieht.

Eine im Unterbewußtsein begrabene Kenntnis überbrückt sodann die im historischen Geschehen bestehenden Lücken und ermöglicht es, die geschilderten Ereignisse wie von einer höheren Warte aus zu betrachten.

Die alten Griechen behaupteten, ihre Urväter seien Hyperboreaner gewesen — Hyperborea — ein legendenumwobenes Land jenseits Boreas, der göttlichen Verkörperung des Nordwindes.

Apollo, ihr Sonnengott, ruhte sich, so sagt die Legende, alle neunzehn Jahre in Hyperborea aus, und zwar in dem auf Wolken schwebenden, von Schwänen umflogenen Schloß seiner Schwester Arthemis, der Göttin der jungfräulichen Natur.

Pythagoras, der Eingeweihte, dessen Lehren in einer nicht nur mathematischen, sondern initiatischen Überlieferung den sowohl wissenschaftlichen wie auch geistigen Aufschwung des Abendlandes ermöglichten, soll ein wiedergeborener Hyperboreaner gewesen sein.

»Nichts«, schreibt Bertrand Russel, der rationale Philosoph, »ist erstaunlicher, als die Wiederentdeckung Pythagoras' durch die moderne Wissenschaft«.

Die alten Griechen behaupteten, wie gesagt, daß die Quelle der abendländischen Zivilisation in Hyperborea zu suchen sei, und der Gedanke ist nicht von der Hand zu weisen, daß es die keltische Priesterschaft war, die dank ihrer erstaunlichen Kenntnisse den hyperboreanischen Mythos auslöste.

Keltische Volksstämme findet man sehr früh auf der iberischen Halbinsel, in Irland, in Griechenland, in Mitteleuropa sowie in Gallien. Andere Stämme setzten sich in Kleinasien fest: so behauptet zum Beispiel der hl. Hieronymus in seinen Episteln an die Galater, daß diese einen keltischen Dialekt sprächen.

Nun erinnert Galatien phonetisch an Gallien, und die phonetische Kabale, ein Schwesterzweig der hermetischen oder universellen Kabale, weist immer wieder darauf hin, daß die Vokale der Worte in ihren Schwingungen uralte Wahrheiten übermitteln. Es ist somit nicht ausgeschlossen, daß Galiläa in Palestina ursprünglich eine keltische Gemeinschaft war. Jesus, der Galiläer, wird stets blond und blauäugig dargestellt, und die seinerzeit bei den Hebräern weitverbreitete Meinung, daß nichts Gutes aus Galiläa käme, ließe sich vielleicht auf diese Weise erklären.

Die Kelten waren, soviel ist gewiß, ein Volk, dem das Wandern im Blute steckte. Es ist anzunehmen, daß die Wanderlust sie weit hinaustrieb, ja sogar bis Übersee.

Wenn die hyperboreanische und die keltische Weisheit identisch sind, und diese von den Druiden und Druidinnen, der Priesterkaste der Kelten, gehütet und übermittelt wurde, mag man annehmen, daß die als Götter angesehenen weißhäuptigen Unterweiser, deren Lehren die Mayazivilisation zum Erblühen brachten, aus dem Abendland kamen, ja womöglich Druiden waren. Wie dem auch sei, als die Spanier in Mittelamerika landeten, wurden sie mit größter Ehrfurcht empfangen, denn nach dortigen Legenden sollten Götterboten wiedererscheinen, und zwar weißhäuptig, rothaarig, groß und langohrig. Lange Ohren sind ein keltisches Symbol der Weisheit.

Ogmios, dem Gott der Beredsamkeit, wurden zu Frühlingsanfang Hasenohren als Opfergaben dargebracht. Hasen galten bei den Kelten als heilige Tiere.
Lao-Tse wurde Langohr genannt, und im Orient wird Buddha meist mit langen Ohren dargestellt.

Die Spanier wurden, wie gesagt, als gottgesandte Wesen empfangen, was sie nicht hinderte, im Namen Christi die Ungläubigen zu massakrieren und ihre Zivilisation zu vernichten.

Urbegriffe keltischer Gelehrsamkeit lassen sich überall in Europa finden. Man weiß, daß die Druiden Dichter, Astrologen, Theologen und Philosophen waren, die tiefstens über die Probleme der damaligen Welt nachsannen, aber ihr Wissen fast ausschließlich mündlich weitergaben. Ihr Sagenschatz weist mit dem Griechenlands eine erstaunliche Ähnlichkeit auf.

Bel-Heol, der goldhaarige Held, erinnert an Helios, den Sonnengott, welchen Apollo verkörperte.
Ogmios, einer der Götter der keltischen Trias, kann als griechischer Logos wiedererkannt werden.

In Griechenland wurden Redner Logotheten genannt, und diese Benennung bestätigt die enge Verwandtschaft, die Ogmios mit Logos verbindet, einem Logos, der das göttliche Gesetz verkörpert, das der Kundgebung des »Wortes« obwaltet.

Ogmios gleichgestellt war die Göttin Epona. In allen Überlieferungen spielt das »Ewig Weibliche« eine ausschlaggebende Rolle. Epona versinnbildlicht die dem Gott notwendige Äußerung, ohne welche er sich nicht offenbaren kann; Epona wird stets in den wenigen uns bekannten Abbildungen im Verein mit einem Pferde dargestellt. Die Symbolik des beflügelten Pferdes oder des Pferdes als Reittier der Götter war in Griechenland äußerst verbreitet.

Das griechische Wort für Pferd ist Hippos. Man kennt die Legende der Kybele, der Gattin des Chronos und Mutter des Zeus, die sich in eine Stute verwandelte, um der Zudringlichkeit des Poseidon zu entfliehen, der die Gestalt eines Hengstes annahm, um sie zu vergewaltigen. Nun ist Poseidon der Gott der Urwasser, aus denen alles Bestehende hervorging. Kybele bekam auf diese Weise den Samen, also die Kenntnis aller Dinge der Welt.
Das Sanskrit-Wort Chapalla — der Schnelle — phonetisch dem in Großgriechenland geläufigen Wort Caballus nahe, das sowohl im Griechischen wie auch im Lateinischen Pferd bedeutet, könnte die Bezeichnung »Cabale« erklären.

Die phonetische Cabale stützt sich auf die von den Vokalen der Worte übertragene Schwingung und ist nicht zu verwechseln mit der hebräischen Geheimlehre, der »Kabbala«. Die phonetische Cabale erleichtert uns die Entschlüsselung der Mythen, Fabeln und Legenden und kann zu einem Verständnis der Lehren führen, welche die Erzählung nur verschleiert übermittelt.
Die Cabale kann somit den alles verbindenden Leitfaden zwischen den zusammenhanglos erscheinenden Dingen auffinden helfen.

Der oberste Gott der Druiden soll Ejus gewesen sein. Von Ejus zu Jesus, dem Galiläer und von dort zu den Essenern, einer äußerst sittenstrengen galiläischen Bruderschaft, ist der Sprung nicht weit. Viele mit den Lehren Jesu übereinstimmende Glaubensgrundsätze der Essener scheinen die Annahme zu rechtfertigen, daß Jesus dieser Bruderschaft nahestand. Die Druiden, wie auch die Essener glaubten an die unsterbliche Seele sowie an die Reinkarnation. Die als Dokumente des Toten Meeres bekannten Schriften aus dem ersten Jahrhundert unserer Zeitrechnung weisen immer wieder auf die hyperboreanische, also keltische Tradition hin.

Das keltische Wissen wurde von den Barden in ihren Gesängen in Europa verbreitet. Dank den Oden blieb diese Überlieferung lebendig, und diese spiegelte sich in den Taten und Sitten der Menschen wieder.

Diogenes Laerce erwähnt in seinem »Leben der Philosophen«, daß das moralische Gesetz des keltischen Volkes sich auf dreifachem Fundament aufbaute:
Die Götter anbeten, nichts Verächtliches unternehmen, stets seinem Mut Ausdruck geben.

Pythagoras gab der druidischen Überlieferung einen neuen Aufschwung, indem er sie mit den in Ägypten erworbenen initiatischen Kenntnissen verband. Er soll dreizehn Jahre in den Einweihungstempeln Ägyptens verbracht haben.
Nach Europa zurückgekehrt, gründete er seine Schule in Großgriechenland und führte die Philosophie der Zahlen in Europa ein. Es handelt sich um eine esoterische Mathematik, welche das Ineinanderwirken aller Energien, die sich im Kosmos offenbaren, verständlich macht:
Der Kosmos, behauptet Pythagoras, sei ein lebendiges Ganzes in ständiger harmonischer Bewegung, dessen Rhythmus den Mikrokosmos mit dem Makrokosmos eint.

Die im kosmischen Rhythmus schwingende Lebensdynamik spiegelt sich als innewohnende Logik sowohl in der Symmetrie einer Schneeflocke, wie auch in der logarhythmischen Spirale einer Muschel, also auf allen Ebenen der Sinneswelt wider.

Kosmos ist übrigens ein von Pythagoras geprägtes Wort, auf griechisch »Ordnung«. Eine Ordnung nicht im geläufigen Sinn, sondern als Inbild einer Harmonie, die in wahrer Brüderlichkeit den Kristall mit der Pflanze, die Pflanze mit dem Tier, das Tier mit dem Menschen und die Menschen mit den Göttern verbindet. Es ist erstaunlich, festzustellen, daß die heutige Physik auf ein Kraftfeld hinweist, in welchem die Energiequanta in »mystischer« Mathematik wirken, was in bewundernswerter Weise die Richtigkeit einer Philosophie bestätigt, die ihrer Zeit um 2500 Jahre voraus war.

Schon die Druiden kannten die Kugelgestalt der Erde; Herodot macht in seinem Werk Melpomene folgende Bemerkung: »Ich kann nicht umhin, zu lachen, wenn ich höre, daß die Kelten behaupten, die Erde sei rund, ohne zu erklären, wie das möglich wäre. Sie behaupten auch, daß Ozeane die Erde umzingeln, und daß sie eine Kugelform hätte, so als ob sie auf einer Drehbank verfertigt worden wäre.«

Drei Dinge, lehrten die Druiden, kommen aus dem Ursprung: Gott, die Freiheit und das Licht. Und diese Lehre umfaßt das Wesentliche einer Philosphie, die den Menschen veranlassen soll, den großen Kampf der Freiheit zu wagen, um das anscheinend unabwendbar bedrückende, oft ungerecht erscheinende Schicksal zu meistern. Bedrücktsein und Ungerechtigkeit sind demnach nur als Folgeerscheinungen der Unwissenheit — des nicht Erkannthabens — zu verstehen. Freiheit erlöst, und Verständnis ermöglicht die Meisterung.
Die Druiden lehrten auch, daß der Verlust des Erinnerungsvermögens durch den Tod den Menschen zwar vom Übel entbinde, aber nicht von den Folgen des von ihm begangenen Übels. Er muß diese Folgen wiedergutmachen, also tragen, wohingegen der Mensch, der Gutes getan hat, nach dem Tod auf dem Weg der Erkenntnis zu dem Lichtkreis der Erfüllung vorwärts schreitet.
Auf dem Weg zu dem Lichtkreis jenseits des Grabes befindet sich jedoch ein Halteplatz zum Abbüßen der Sünden, und so scheint das Fegefeuer der christlichen Überlieferung dieser Philosophie zu entspringen.

Der lateinische Dichter Lukanus berichtet von der Weisheit der Kelten und lobt sie wie folgt: »Oh, ihr Druiden, die ihr in der heiligen Abgeschiedenheit der tiefen Wälder lebt, ihr kennt die

Götter und die Mächte des Himmels. Der Tod ist für euch nur die Mitte des nie endenden Lebens.«

Durch die Metaphysik des Todes erweckten die Druiden das Sehnen des Menschen nach der Transzendenz. Der Himmel offenbarte sich als Vater, die Erde als Mutter und der Mensch als Frucht einer göttlichen Ehe. Es ist schwer möglich, den Inbegriff der keltischen Esoterik, also der keltischen Geheimlehre, wiederzugeben. Vieles ist uns unbekannt, da das Gelübde des Schweigens alle Eingeweihten band und keinerlei schriftliche Überlieferung existiert. Nur eines ist gewiß: so manche Lehre spiegelt sich in der gnostischen* und essenischen Tradition wider, und daher auch in den Worten der Evangelisten.

Das uns Bekannte genügt jedoch, um zu verstehen, daß die Weisen aller Zeiten auf verschiedenste Art dieselbe Wahrheit bekundeten. Die abendländische gnostische Überlieferung in ihrer ursprünglichen Form, von allem nachträglich Zugetragenen befreit, ist eine metaphysische Botschaft der Wahrheit in ihrer Einheit. Sie will Antwort geben auf fundamentale Fragen, denn das Wort Gnosis heißt soviel wie Erforschung des Wesentlichen.

Um das Wesentliche zu erforschen ist es jedoch notwendig, in sich hineinzuhorchen, denn nur so ist es möglich, unbeeinflußt von allem aufgestapelten Wissen, anzuklingen an die höhere Intelligenz, die sich im »Bewußt-werden« offenbart.

Sich dem Wesen öffnen, ist die Quintessenz der initiatischen Überlieferung, die von den indo-arabischen Volksstämmen in Europa verbreitet wurde. Sie enthält die Vorstellung einer aufsteigenden Evolution, die vom Menschen zu Gott führt. In dem Schmelztiegel des Mittelmeerraumes, in der gigantischen Vermischung der Rassen, der

---

* Das Wort Gnosis — Erkenntnis — meint eine höhere Erkenntnis, welche Engel, die sich in menschliche Frauen verliebten, diesen übermittelt haben sollen.

Gedankenströmungen, der Philosophien, der Glaubenslehren, der Theologien und der Religionen wurde diese Vorstellung umgewandelt und in ihrer Spiegelung, oft verzerrt, zurückgestrahlt.

Der mit dem blitzenden Schwert bewaffnete strafende Erzengel zwang von nun an die Sünder, um Vergebung zu flehen. Aus dem gleichen Grunde änderte sich auch die Stellung der Frau, die bei den Kelten das höchste Ansehen genoß.
Sie verlor in den indo-arischen Siedlungen des Nahen Ostens ihre hervorragende Stellung, und man zählte nunmehr nur noch männliche Weise, Rishis oder Propheten im ganzen Orient.

Man muß sich stets vor Augen halten, daß die aus Europa stammenden initiatischen Lehren sich in Mittelasien mit den bodenständigen Philosophien dieser Gegend verbanden, denn im Laufe der Jahrtausende war Kleinasien der Treffpunkt eines buntscheckigen Substrates von Zivilisationen geworden, die sich über Sumer-Akkad-Ägypten, Iranien, Anatolien und Lybien mit der arischen Philosophie vermischten, um in einer ganz neuen Form nach Europa zurückzukehren.

Auch die semitische Überlieferung spielte in diesem Zusammenhang eine nicht zu übersehende Rolle, umsomehr, als sie ihrerseits vieles von vorhergehenden Zivilisationen übernommen hatte.

In Europa behielt die Frau noch lange ihren Einfluß, und dies soll heute besonders hervorgehoben werden, da ihr zweifelsohne in der Neuzeit eine ausschlaggebende Rolle zufällt.

Sie soll, ihrer weiblichen Eingebung entsprechend, auf ihre Art ein Verständnis fördern, das sich jenseits der nur rational-logischen Denkart auf ein intuitives Auffassungsvermögen stützt.

Durch ein intuitives Verständnis kann das Wesentliche ins Tägliche übertragen werden, und diese Übertragung entspricht dem Gang der Neuzeit.

Die Frau ist zweifelsohne in der heutigen Zeit berufen, das Ewigweibliche zu neuer Blüte zu bringen, denn Intuition und Inspiration sind unumgänglich notwendig, um eine Beziehung wiederherzustellen, die das Grobstoffliche mit dem Feinstofflichen verbindet und eine notwendige Lücke schließt im Verstehen der in der Natur wirkenden Kräfte.

Die Frau, weniger politisch eingestellt als der Mann, ist dem Wohle der Menschheit näher, einer Menschheit, die sie geboren hat. Dank ihrer Weiblichkeit ist sie empfänglicher für die Gebote einer Weisheit, die sich jeder Theorie entzieht.

Beispiele der vorherrschenden Rolle der Frau sind die delphischen und skandinavischen Wahrsagerinnen, die Veluspa der Edda, die Druidinnen, und auch die Wahrsagerinnen, die die germanischen Armeen begleiteten, um den für die Schlachten günstigsten Tag zu bestimmen.

Alles jedoch unterliegt im Laufe der Zeit dem Gesetz der Dekadenz. Die Druidinnen erfüllten ihre führende Rolle anfangs mit hoher Würde. Jedoch allmählich gingen sie zu magischen Künsten über und verlangten menschliche Opfergaben. Das Blut rann in Strömen von den Tafeln der Dolmen.
Zu dieser Zeit verheerte eine Plage das keltische Volk: die Pest. Ein junger Priester Rham sah in ihr die Strafe Gottes, und als er eines Tages unter einer Eiche eingeschlafen war, erschien ihm im Traum ein in weiß gekleideter Druide.
Aus seinem Gewand zog er eine goldene Sichel und schnitt mit ihr einen Mistelzweig ab, welcher auf dem Baum wuchs, unter dem Rham schlief. Die Erscheinung erklärte ihm, auf welche Weise ein Heiltrunk zu brauen sei, der die Pest besiegen würde. Sodann verschwand das leuchtende Wesen. Rham folgte seinen Angaben umso eilfertiger, als die goldene Sichel beim Erwachen neben ihm lag.
Er erzählte den älteren Druiden seine Vision und nannte sie Aescheyl-Hopa, »die Heilung kommt aus dem Wald«.*

---

* Man beachte die Klangverwandtschaft mit dem griechischen Äsculap

Der Mistelheiltrunk besiegte die Pest, und Rhams Ansehen wuchs ständig, er wurde zum Hauptpriester ernannt und wählte als Erzdruide den Widder als Wappenschild.

Der Widder ist eines der Tiere, das im Kreisbild des Zodiaks vorkommt und entspricht dem Zyklus, der der Rham-Periode folgte. In Ägypten war der Widder das Sinnbild der schöpferischen Dynamik des Lebens, also das Symbol des heiligen Feuers.

Somit kann man annehmen, daß die Rham-Legende die Botschaft enthielt, die auf initiatischer Ebene die vorgesehene Entwicklung des neuen Zyklus beherrschte, also der Zeitperiode, die der des Widders im Zodiakkreise entspricht.

Von den Druidinnen aufgehetzt, bereiteten Rhams Gegner einen Krieg gegen ihn und seine Anhänger vor. Doch kam es nicht dazu, denn Rham hatte wieder eine Vision:
Das schon einmal im Traum erschaute, leuchtende Wesen erschien ihm abermals »Du sollst das Heilige Feuer des göttlichen Geistes verbreiten, ziehe nach Osten«, war sein Geheiß.

Rham und die Seinen folgten diesem Gebot, sie zogen gen Osten, und über Ägypten und Kleinasien erreichten sie endlich das südliche Indien, nicht ohne Spuren zu hinterlassen. Es ist sicherlich kein Zufall, daß so mancher Pharao den Namen Ramses trägt, auch nicht, daß eine ganze Anzahl der Götter des ägyptischen Pantheons mit Hörnern des Widders dargestellt sind, und daß eine mit Hörnern geschmückte Kopfbedeckung von den Hohenpriestern getragen wurde als Sinnbild der priesterlichen und königlichen Weihe.
Die Form der päpstlichen Tiara dürfte ebenfalls einen solchen Ursprung haben.

Rhams Legende erwähnt Kämpfe mit schwarzhäutigen Stämmen auf dem Wege, der ihn nach Indien führte, und nicht zuletzt Kämpfe in Indien selbst.

Er und die Seinen überwanden alle Schwierigkeiten, besiegten die Dra-

vidäer, einen indischen Volksstamm, und gründeten ein Reich, das Edessa, also Eden genannt wurde.
Rham ließ einen Tempel erbauen, gedacht als Schrein einer universellen Religion. Im Allerheiligsten brannte das ewige Feuer, Symbol des Urprinzips, von Jungfrauen gehütet.
Wir finden es im Sanskrit-Wort »Agni« wieder, symbolisch auch im goldenen Vlies, sowie im mystischen Lamm des Christentums.

Legenden sollen nicht logisch erklärt werden, die Erzählung ist der Schleier einer Botschaft, die unverschleiert einzig vom inneren Auge erfaßt werden kann, denn sie ist nur im Licht des heiligen Feuers, Sinnbild der Erkenntnis, verständlich.
Der Glanz des goldenen Vlieses und der Schein des mystischen Lammes vermitteln somit die Botschaft einer stets sich neu offenbarenden Weisheit.
Ob das Ramayana, das Epos der Inder, sie widerspiegelt, ob die Hindus eine Kreuzung der Kelten und Dravidäer sind, ob die sieben Weisen Rishis, wie es heißt, in den sieben Sternen des großen Bären residieren, bleibe dahingestellt.
Gewiß ist jedoch, daß der feine Duft, den Legenden ausströmen, an den Wegen der Offenbarung haftet. Er spinnt einen Ariadne-Faden, und ermöglicht es somit dem Menschen, der Wirrnis des Lebens-Labyrinthes zu entrinnen, in dem er meist blind umhertappt.

Ariadne erinnert an Aries, lateinisch Widder, wie auch an Agni, Sanskrit = Feuer, und so spinnen Legenden hauchdünne Beziehungen zwischen Dingen, die anscheinend keinen Zusammenhang haben.

Deswegen behauptet Pythagoras: »Das Geheimnis der höchsten Intelligenz ist die Fähigkeit, den Zusammenhang der anscheinend getrennten Dinge zu erkennen und zu beobachten, denn nichts ist alleinstehend in der Welt. Ein unsichtbares Band eint im Rhythmus der Weltseele alles, was existiert: Rhythmus ist der Ausdruck des pulsierenden Lebens, dessen Schwingung das kleinste Atom mit dem gesamten Universum verbindet«.
Der Schlüssel ist uns somit gegeben; das Schloß, zu dem er paßt, müssen wir selbst finden!

II

DAS VERBORGENE ABENDLAND

»Wisse, die Leiden, die die Menschheit bedrücken,
sind die Früchte ihrer eigenen Wahl.«

Pythagoras

Eurasien ist ein Kontinent, den zwei Welten sich teilen. Drei Viertel der Menschheit leben auf diesem Kontinent, und Europa erscheint an ihm als ziseliertes Vorgebirge einer wuchtigen Landmasse, die sich nach Westen hin verfeinert.

In Europa scheint alles den menschlichen Maßen angepaßt. Nichts ist erdrückend, die Ebenen, die Berge, die Flüsse, das Klima weisen trotz ihrer Mannigfaltigkeit eine gewisse Einheitlichkeit auf, eine Ausgeglichenheit, die wahrscheinlich das Streben nach Harmonie begünstigte, welche die Zivilisation, die sich auf ihrem Boden entwickelte, kennzeichnet.

Was ist gemeint, wenn man vom »verborgenen Abendland« spricht? Ganz allgemein sieht man im Abendland nur das Oberflächliche einer Zivilisation, die scheinbar gänzlich auf Leistungsfähigkeit und rationaler Denkweise aufgebaut ist.
Man bewundert die abendländische Wissenschaft und die abendländische Industrie. Man gibt zu, daß das Abendland die Heimat von hervorragenden Künstlern war und ist, aber man erkennt nur ausnahmsweise die wesentlichen Gedankenströmungen, die in Mythen, Legenden, Runen, Sagen oder auch in mündlichen Überlieferungen das Ausschlaggebende dieser Zivilisation zum Ausdruck brachten.

Um dem »verborgenen« Abendland auf die Spur zu kommen, sollte man vorerst im Geist die Länder überfliegen, die sich von den Steppen Westrußlands bis zu den Ufern des Atlantischen Ozeans am äußersten Zipfel Portugals erstrecken. Ihre Verschiedenheit erklärt die schillernden Facetten einer Kultur, die aufblühte trotz oder vielleicht wegen der nie endenden Kriege und der ständigen religiösen Zwistigkeiten, die tiefe Umwälzungen nach sich zogen und dazu beitrugen, die Menschen Europas zu zwingen, den Weg des Fortschritts nie zu verlassen.

So lernte der europäische Mensch denken, forschen und schaffen, so entwickelte er eine ihm eigene Zivilisation.
Um diese Entwicklung zu verfolgen, muß man geschichtliche Ereignisse in Betracht ziehen, weil ihr oftmals dramatischer Verlauf den Menschen Europas keine Ruhe schenkte.
Vielleicht fordert das Gesetz des Lebens eine gewisse Spannung, um als Sprungbrett des Fortschrittes zu wirken. Jede Zivilisation hängt letzten Endes von dem geistigen Stand der Menschen ab, die sie entwickeln, und dieser wird vom Druck der Ereignisse begünstigt, denn er löst eine metaphysische Suche aus.

Der bedrückende Alltag kann zu einer wesentlichen Erkenntnis führen, wenn er ein Bewußtsein erschließt, welches die geheimen Triebfedern, die jeder Handlung zugrundeliegen, enthüllt. Der Sinn des am Giebel des Tempels von Delphi gemeißelten Spruches: »Erkenne dich selbst, und du wirst die Götter und das Universum erkennen«, deutet auf diese Erschließung hin und kann als Grundsatz einer als »Humanismus« bekannten Philosophie angesehen werden.

Europas Genius gebar den Humanismus, und dieser hat die Aufgabe Europas bestimmt: Der europäische Mensch, selbst wenn er in anderen Ländern Fuß faßte, nahm als selbstverständlich an, daß er in seinem Innersten ein heiliges, ihm anvertrautes Gut bewahre, einen göttlichen Funken, der ihm ermöglichte, im vollen Bewußtsein seines Menschentums auf richtige Weise da zu sein in der Welt.

Diese Annahme veranlaßte Europa, seine geistige Aufgabe überall zu bekunden, verleitete es aber auch, die Welt zu erobern.

Dabei vergaß Europa seine wahre Mission. Es vergaß, die Werte der östlichen und westlichen Anschauungen zu vereinen, um durch diese Verschmelzung die Grundlage einer neuartigen Zivilisation zu legen, um so die Menschheit für das neue Zeitalter des Aqarius, des Wassermannes, vorzubereiten.

Trunken von der Macht seiner Eroberungen, und im Bewußtsein seiner Überlegenheit in der Wissenschaft, verfehlte Europa seine Sendung.

Flut und Ebbe sind die zwei Pole einer nie endenden Bewegung. Der Flut folgte Europas Ebbe.

Ungeordnet war der Rückzug, und manchem der nunmehr freien Völker fehlte das notwendige Rückgrat, um althergebrachte Sitten und Gebräuche mit den von Europa zurückgelassenen neuzeitlichen Ideen in harmonischer Weise zu verbinden.

Doppeltes Verfehlen ist das Kennzeichen unserer Zeit, und die aufwachsende Generation spürt unbewußt ein Schuldgefühl, dem sie gerne entgehen möchte. Sie sucht einen Weg zu einem neuen brüderlichen Verständnis aller Religionen und Rassen und weiß nicht, wo und wie sie ihn finden kann.

Der Ruf nach dem Meister, die Anziehungskraft des Orients, die Meditationspraktiken, eine neuartige Religiosität und auf der negativen Seite die Flucht zu den Drogen und zu Gewalttätigkeit sind ständige Anzeichen dieser Gemütsverfassung.
Nun hat Europa ein großes Glück: das verborgene Licht des heiligen Feuers erlosch niemals. Es leuchtet zwar jeweils mehr oder weniger in der Welt, aber immer wieder ist eine Gemeinschaft berufen, es vor dem Verglimmen zu bewahren.

In der Wirrnis der sozialen und politischen Umwälzungen unter dem Druck der materialistischen Weltanschauung und dem Elend, das in so vielen Gegenden der Erde herrscht, bleibt Europa vorerst die Hüterin der Flamme. *(agni)*

Vielleicht ist es seine wichtigste Aufgabe, die Erfahrung zu übermitteln, daß das Wesentliche das Licht der Freiheit ist.

Nur derjenige, der bewußt da ist in der Welt, ist frei und kann verstehen, daß eine geistige, politische, ökonomische und soziale Umstellung nur dann zur gültigen Ordnung der Dinge führt, wenn diese Umstellung ohne Fanatismus in vollster Ruhe und Ausgeglichenheit das harmonische Zusammenwirken aller ermöglicht. Diese Einsicht im wahrsten Sinne des Wortes setzt eine Auffassung voraus, die dem Wesentlichen entspricht, also dem Gesetz des Lebens, das sich im Dasein eines Menschen oftmals als eine Sehnsucht nach dem, was wahr, schön und gut ist, offenbart. Diese Sehnsucht wird jedoch allzuoft durch Habgier, Machtsucht und Hochmut unterdrückt und wirkt sich dann in Gewalttätigkeit, Herausforderung und überschwenglicher Sexualität aus.

Allerdings können Ausschweifungen jedweder Art auch der Ausdruck einer tiefen Sehnsucht nach Transzendenz sein. Im Überschreiten der Gesetze und Regeln wird eine Öffnung nach dem Jenseitigen gesucht, die der Alltag nicht zu bieten scheint.

Um frei zu werden, um zu verstehen, daß die Welt dem »stirb und werde« unterworfen ist, ist es notwendig, sich von einer Reihe von Vorurteilen zu befreien, an denen man um so mehr haftet, als man in ihnen einen Rückhalt zu finden glaubt.

Die Freiheit als wesentliches Prinzip entdeckt man in der Harmonie eines übermentalen Verständnisses, dank welchem die scheinbaren Gegensätze des auf der Existenzebene bestehenden Dualismus sich als Notwendigkeit enthüllen, denn oben kann nicht ohne unten, heiß nicht ohne kalt, gut nicht ohne schlecht, der Himmel nicht ohne die Erde gedacht werden.

Diese Erkenntnis führt zur Einung von Philosophie und Wissenschaft und somit zur Grundidee des Humanismus. Sie führt zu einer Philosophie des Einen in seiner unendlichen Mannigfaltigkeit, zu einer Erkenntnis der Beziehungen, die in einer überweltlichen Ordnung alles mit allem verbinden.

Nichts ist alleinstehend in dieser Welt. Vom Lichtpartikel führt ein Weg zur Relativität, von der Schwerkraft ein Weg zur Planckschen Konstante, vom Blatt, das der Wind vor sich hinwirbelt, zum Baum und zur Knospe, die ihn von neuem hervorbringen wird, kurz zur Dynamik der Lebens. Alles Existierende spiegelt in seiner Weise den Rhythmus einer ewigen Bewegung wider, denn das kosmische Gesetz überbrückt den Abgrund, der scheinbar das unendlich Kleine vom unendlich Großen trennt. Es enthüllt das Wirken einer allumfassenden Harmonie, die sich dem Mystiker in seiner Meditation offenbart.

Laut Genesis waren die ersten Worte, die Gott in der unermeßlichen Stille des leeren Raumes aussprach »Es werde Licht«. Möge das Licht der Erkenntnis den Menschen leiten an der Schwelle des neuen Zeitalters, die wir in jeder Sekunde überschreiten, denn nichts ist gleich dem, was war, im Rhythmus des Lebens.

Kein Dogma, kein System, keine Theorie kann diesen Rhythmus auf die Dauer verleugnen, er sprengt alles, was sich ihm verknöchert widersetzt. Aus diesem Grunde ist es notwendig, sich nicht an die Spuren des Vergangenen zu klammern.
Allzuoft ist man verleitet, dies zu tun, denn man sehnt sich nach einer Vergangenheit zurück, die bekannt ist, und das Bekannte verleiht Sicherheit. Man ist vom Gedächtnis beeinflußt, Gefangener althergebrachter Meinungen. Nun ist das Althergebrachte immer wieder nur eine Rechtfertigung, die eingefleischte Gewohnheiten fortpflanzt. Um sie nicht aufzugeben, gestaltet man sie um und spricht von Reformen, die ein Kompromiß sind, der Reibungen erzeugt, weil Wiederholungen sich der Dynamik des Lebens, die unentwegt Neues schafft, widersetzen.

Und doch muß man einräumen, daß die Vergangenheit zur Gegenwart führt und daß unser heutiges Bewußtsein sich auf alles, was ge-

stern erforscht wurde, stützt, und somit das Morgen im Keim enthält.
Um der Dynamik des Lebens gerecht zu werden, ist es notwendig, die Errungenschaften der Wissenschaften im Pulsschlag unserer Zeit dem kosmischen Gesetz zu unterwerfen. Dies erfordert eine Erweiterung der Weltschau, ohne die eine entstellte Spiegelung dessen, was »Ist«, für wahr gehalten wird.

Der Fortschritt, welcher der abendländischen Zivilisation entspricht, erschließt, unter gewissen Voraussetzungen, die Vision einer vollzogenen Entwicklung, die unauslöschlich in das Unterbewußtsein des Menschen eingeprägt ist, der die Etappen dieser Entwicklung durchschritten hat. Man kann zum Himmel nur aufsteigen nach Maßgabe der Erforschung der grundlosen Tiefen seines eigenen Unterbewußtseins.

Das Arkanum dieser außergewöhnlichen unterbewußten Bibliothek, gibt dem lateinischen Wort »intellegere«, welches einlädt, »darin« zu lesen, also das Wesentliche zu erkennen, seinen wahren Sinn.

Wie schon erwähnt, war das griechische Wunder eine fundamentale Etappe des abendländischen Geschehens. Um es kurz zu beleuchten, betrachten wir Apollo, den Sonnengott, Hüter der siebenten Pforte, welche die Geheimnisse der Natur Unberufenen versperrt. Apollo, zugleich Meister des Rhythmus' und der Harmonie, welche laut Überlieferung der Schwingung seiner siebensaitigen goldenen Lyra zuzuschreiben ist, war und bleibt das leuchtende Symbol der Schönheit, und kein Gott war ihm gleichgestellt im griechischen Pantheon.

Hermes, der Weise, überbrachte ihm die Lyra als Gabe. Hermes ist der griechische Name für Thot, jenen ägyptischen Gott, der laut Legende der Erfinder der Hieroglyphen, der Logik, der Mathematik, der Philosophie der Zahlen und sogar des Schachspiels gewesen sein soll.
Thot Hermes wurde der Dreimal-Große oder der Dreimal-Meister ge-

nannt, als Meister der drei Welten: der der Natur, der der Gesetze, denen sie gehorcht, und der der Götter.
Apollo machte aus Delphi nicht nur den Mittelpunkt der göttlichen Orakel, sondern auch eine ihm geweihte heilige Stätte. Am Giebel des Tempels prangten die bekannten Worte: »Erkenne dich selbst«, und heute wie gestern bilden sie die unumgänglich notwendige Voraussetzung für den inneren Weg.

Apollo an Bedeutung kaum nachstehend war Dionysos.
Dionysos versinnbildlicht den kosmischen Geist der Natur. Als Führer der Seelen, die nach Licht schmachten, hatte er seinen Tempel in Eleusis, und alle fünf Jahre spielten sich dort die der Demeter und ihm geweihten Mysterien ab.
Der ursprüngliche Begründer dieser mystischen Feiern war Orpheus, und die große orphische Tradition übte ihren geistigen Einfluß durch das Kollegium der Amphiktyonen aus, einer Versammlung eingeweihter Ratgeber, die sich auf die Geheimlehren Ägyptens und Indiens stützten und leitend wirkten.

Bewundernd blicken wir auf Perikles, den Erbauer der Akropolis, auf Phidias, den unbestrittenen Meister der Skulptur, auf Aischylos und seine Tragödien, Dichter und zugleich Held der titanischen Schlachten von Marathon und Salamis, in denen ein kleines Volk ein großes Imperium schlug. Die Kämpfer dieser Schlachten ernteten durch ihren Mut den Ruhm von Halbgöttern. »Ergebt euch«, riefen die Perser, »wir sind so zahlreich, daß unsere Pfeile die Sonne verfinstern«. »Dann werden wir im Schatten kämpfen«, entgegneten die Griechen.

Voll Verehrung begegnen wir Sophokles, dessen pathetisches Werk unsterblich bleibt, ebenso Zenon und der Vollkommenheit seiner Logik, wie auch den Philosophen Melissos, Empedokles, Anaxagoras, Protagoras und nicht zuletzt Pythagoras.

Die wissenschaftliche Ära meldet sich an. Sie leuchtet wie eine Morgenröte, die Europas Geburt begrüßt.
Demokrit ist der erste Atomphysiker des erwachenden Zeitalters. Er ist

es, der zum ersten Mal das Atom erwähnte, und sein Werk spiegelt den Reichtum der ägyptischen, chaldäischen, persischen und indischen Überlieferung wider.

Sokrates endlich war es, der das Zwiegespräch des Menschen mit sich selbst einleitete, und so Platon und Aristoteles den Weg bahnte, zwei Weisen, die das Denken des Abendlandes tiefstens beeinflußten.
Dank Aristoteles, dem Lehrer Alexanders des Großen, fiel diesem die Aufgabe zu, die abendländische, zielbewußte Denkweise mit der orientalischen, passiven Anschauung zu verschmelzen, um das Aufblühen einer neuen harmonischen Zivilisation zu ermöglichen. Trotz des Fehlschlagens dieser Aufgabe knüpften sich Beziehungen an zwischen dem Osten und dem Westen, die niemals ganz unterbrochen wurden.

Was immer die Menschen unternehmen, ob aus Stolz, Eitelkeit oder Ruhmsucht, immer wieder fördert der dem Weltenschicksal innewohnende Sinn den Genius der Völker, die sich kreuzen oder bekämpfen. Griechenland stellte das menschliche Erlebnis in den Mittelpunkt seiner Welt und erweckte dadurch das Interesse an den seelischen Vorgängen im Menschen. Dies führte zur Erkenntnis der geistigen Werte, die in Freiheit und Unabhängigkeit münden, um so die Meisterung des Schicksals eines jeden zu ermöglichen.

Pythagoras Worte entsprechen dieser Auffassung. In einem der seltenen Dokumente, die uns übermittelt wurden, heißt es: »Es ist die Aufgabe der Menschheit, deren Ursprung göttlich ist, den Irrtum zu erkennen und die Wahrheit zu schauen«.
Die Philosophen Griechenlands waren Weise, seine Politiker waren es nicht.

Griechenland, durch innere Zwistigkeiten geschwächt, wurde von Rom überrannt. Das Mittelmeer verwandelte sich in ein »Mare Nostrum«, denn Rom besetzte Ägypten, Palästina und Kleinasien.
Eine neue Ära meldete sich an. Das Sonnensystem verließ das Sternbild des Widders, um in das der Fische einzutreten.

Eine außergewöhnliche geistige Tätigkeit nahm zu dieser Zeit speziell in Alexandrien seinen Aufschwung. Diese Stadt wurde zum intellektuellen Zentrum der damaligen Welt, schon weil sie den aus ihrer Heimat vertriebenen Flüchtlingen Asyl bot.
Sekten bildeten sich, pseudognostische Strömungen vermengten sich, Bruderschaften wurden ins Leben gerufen, Ideen sprudelten, paramagische Praktiken führten zu sexuellen Ausschweifungen und psychischen Perversionen, und man erörterte allerorts politische, philosophische und soziale Fragen. Dies ist umso verständlicher, als falsche und wahre Philosophen, falsche und wahre Magier, falsche und wahre Asketen überall zu finden waren und insbesondere die Jugend anzogen.

Zu jener Zeit leitete ein Stern drei Magier zur Krippe des königlichen Kindes. Durch ihre Gaben unterstellte sich die Gnosis in ihrer dreifachen Form der christlichen Offenbarung. Das königliche Kind sollte von nun an die persische Weisheit, die keltische Erkenntnis und die Zauberkunst des Schwarzen Kontinents in neuer Würde bekunden.
Die dem neuen Zeitalter zugedachte Botschaft war die Botschaft der Liebe. Jesus wählte die glorreiche Krone der Aufopferung. Er erregte den Zorn der machtgierigen Priester, durch deren Mund Jehova donnerte. Jesus war ihnen ein Ärgernis.
»Wehe dem, der Ärgernis gibt«, heißt es in den Schriften. Jesus tat es wissentlich! Er erklärte, daß die Menschen göttlichen Ursprungs seien, daß sie das Reich Gottes vernachlässigen, statt es zu erkennen, daß man seinen Nächsten lieben solle wie sich selbst und vieles mehr. Er büßte seine Kühnheit am Kreuz; doch seine Jünger und Anhänger gingen hinaus in die Welt.

Das Christentum triumphierte im Mittelmeerraum und breitete sich langsam über ganz Europa aus. Gottesfürchtiger Geist drang allmählich ins Rechtsbewußtsein ein. Die soziale Entwicklung nahm ihren Lauf, und der Entfaltung des Bewußtseins entsprach ein bis dahin unbeachtetes inneres Leben.

Drei Jahrhunderte verstrichen, die Kirche befestigte ihre Stellung und ihre Organisation. Sie verordnete, was geglaubt werden sollte, und Christen verfolgten Christen. Die gnostische Auslegung der Texte wurde gebannt, man bekämpfte sich im Namen Jesu, und Haß löste die Religion ab.

Während Europa sich gegen den Ansturm fremder Völkerschaften verteidigte, debattierten Theologen leidenschaftlich über das Problem des Guten und des Bösen, über den Sündenfall und über die Frage, ob Engel ein Geschlecht hätten oder nicht.

Die Kirche spaltete sich in die östliche und in die westliche. Jede der beiden wollte ihre Wahrheit zur Vorschrift machen. Nur kann die Wahrheit nicht vorgeschrieben werden, denn sie ist ewige Bewegung im Rhythmus der Zeit und sprengt jeden verhärteten Rahmen. Die Wahrheit offenbart sich, wenn man bereit ist, sie zu empfangen und den Mut hat, sich ihr zu öffnen.

Trotz allem Widerstand gewann die christliche Barmherzigkeit allmählich Boden, und das Gefühl der Gerechtigkeit drang langsam in das Bewußtsein der Menschen ein. Die geistige Autorität gewann allmählich die Oberhand im Kampf gegen die Übergriffe der politischen Macht. Der Habsucht vieler stand die Aufopferung der Märtyrer ihrer christlichen Überzeugung gegenüber, und die griechisch-lateinische Zivilisation, vom Christentum getragen, eroberte die Welt.
Die gnostische Strömung versiegte jedoch nie und ermöglichte, im Geheimen verbreitet, den außergewöhnlichen Aufschwung der modernen Wissenschaft.

Alles ist nicht schwarz in der Geschichte der Welt, aber trotz der nach außen hin angenommenen Religion regierte die Liebe die Menschheit nicht. Von einem Irrtum zum anderen, von einem Krieg zum anderen, von einer Abweichung zur anderen pflanzten sich schwerwiegende Reibungen fort, und das Erhabenste und das Niedrigste lösten einander ab.

2000 Jahre verstrichen. Sie sahen den Fortschritt der Menschen, immer mehr angeregt, ihre Umwelt zu erkunden. Die Menschen erforschten ihr Universum, jedoch um es auszubeuten, nicht um es zu verwalten. Groß war und ist ihr Fehler, denn wie Marc

Aurel, der römische Kaiser, sich ausdrückte: »Die Natur des Universums faltet, wendet und ordnet ein in ihr Gesetz alles, was ihr widersteht, und niemand hat Ursache sich zu beklagen, daß dies Ungerechtigkeiten nach sich ziehe.« Die Worte des weisen Marc Aurel gelten noch heute.

Die Ausbeutung der Naturschätze führt unweigerlich zu schwerwiegenden Folgen, die sich auf allen Ebenen des menschlichen Daseins auswirken werden. Wieder steht die Menschheit an der Schwelle eines neuen Zeitalters. Das Sonnensystem verläßt das Sternbild der Fische im Tierkreis des Zodiaks, um in das des Aquarius, des Wassermanns, einzutreten. Es ist demnach nicht verwunderlich, daß im Abendland eine außergewöhnliche geistige Tätigkeit sich verbreitet, gepaart jedoch mit einer ständigen Abwertung der wesentlichen menschlichen Werte.

Zwischen den zwei Polen einer so entstandenen Spannung schwankt der Rhythmus unserer Zeit. Auf der einen Seite eine zunehmende Entwürdigung alles Wesentlichen, auf der anderen ein Streben nach neuen brüderlichen Beziehungen der Menschen zueinander.

Wieder wie vor 2000 Jahren gründen sich Sekten, Bruderschaften und Gemeinschaften, Ideen sprudeln, und die Parapsychologie kann als moderne Magie bezeichnet werden. Falsche sowie wahre Propheten finden eine immer größere Anhängerschaft. Asiatische Religionen werden zum Mittelpunkt gewisser Praktiken, die nicht immer dem inneren Wege entsprechen, und wieder erleben wir Ausschweifungen sexueller und psychologischer Natur im Irrglauben, sie entsprächen einer mystischen Askese.

Eine Frage stellen sich viele: Wäre es möglich, daß ein neuer Stern moderne Magier zur Krippe eines Erlösers leite, wie seinerzeit? Der Wunsch ist verbreitet, aber keine Antwort kann auf diese Frage erteilt werden. Nur eines ist gewiß: Es ist vonnöten, wachsam zu sein, denn nur durch Wachsamkeit kann das Wahre vom Falschen unterschieden werden. Wachsamkeit ermöglicht es, auf richtige Weise da zu sein in der Welt und jeweils das zu erkennen, was erkannt werden muß.

Humanismus, ausgedrückt in der Form, die unsere Zeit erfordert, lädt jeden ein, das Wesentliche vom Nebensächlichen zu scheiden und seine Handlungen dem Gesetz des Lebens, d. h. dem Gesetz der Natur, anzupassen. Auf diese Weise kann jeder im klaren Bewußtsein seiner Verantwortung eine schöpferische Vollendung anstreben und beitragen zur Blüte einer Zivilisation, welche die Vollkommenheit durch und in der Wahrheit anstrebt.
In der Offenbarung des Wahren erwacht der Mensch zur Achtung des Menschen, nämlich des Göttlichen in jedem. Wenn der Mensch zur Achtung des Menschen erwacht, lehnt er alles Entwürdigende ab.

Wenn Menschen in geistiger Verwandtschaft sich zusammenfinden, um miteinander ihre Erfahrungen auszutauschen, bilden sie eine Gemeinschaft, deren Einfluß wohltuend in weiteste Kreise wirkt. Wenn diese Menschen ihre tägliche Aufgabe in stets erneutem Verständnis, selbst im Trubel einer Gesellschaft, die sie nicht begreift, erfüllen, ändert ihr Betragen etwas in dieser Gesellschaft, auch wenn dieses »etwas« nicht gemessen werden kann.

Das tägliche Pensum erfüllen und das Wesentliche auch in nebensächlichen Handlungen bekunden, bezeugt edles Menschentum. Es erfordert ein stets waches Bewußtsein, um in jeder Stunde, in jeder Minute, in der Familie, im Rahmen eines Berufes, in einer Gemeinschaft, im richtigen Handeln in der Welt, dem innersten Sein treu zu bleiben. So findet die Kunst des Lebens, die königliche Kunst, ihren eigentlichen Ausdruck.

Die Kunst des Lebens ermöglicht das schöpferische Wirken, im Bewußtsein der kosmischen Harmonie, welche sodann die Plattform bildet, von der aus alles, was »ist«, sich projiziert, um zu sein, was wird.

III

AUFSTIEG ZUR FREIHEIT

>»Trotz meines Sträubens bemächtigt sich meiner eine unbekannte Kraft. Die Liebe zeigt mir den Weg, die Suche nach Befriedigung einen anderen. Ich will der Tugend folgen, die ich bewundere, und folge doch dem Bösen«.
Ovid

Da der Sinn der Worte sich im Laufe der Zeit ändert und Gehalt und Gefüge der Sätze dem jeweiligen Rhythmus einer Epoche entsprechen müssen, um verstanden zu werden, ist es angebracht, einige der in den folgenden Zeilen immer wiederkehrenden Ausdrücke zu erklären, um jede Mißdeutung auszuschalten.
Beim Wort Verständnis ist nicht nur ein rationales Begreifen gemeint, sondern ein der Dynamik des Lebens angepaßtes Auffassungsvermögen, das sich nicht auf festgelegte Begriffe stützt.
Das Wort Zivilisation ist als ein Begriff anzusehen, der alle Beziehungen des Menschen und des Kosmos einschließt.
Nur das Verständnis dieser sich in der Bewegung des Lebens stets ändernden Beziehungen ermöglicht die Entfaltung aller Fähigkeiten, die zur Erforschung des sichtbaren und unsichtbaren Universum notwendig sind.

»Erkenntnis« soll nicht einer, wenn auch berechtigten Neugierde entspringen, sondern das Fundament eines Fortschrittes sein, der dem Gesetz der kosmischen Entwicklung entspricht.

Das Wort »Bewußtsein« ist als geistiger Ausdruck des Verständnisses auszulegen, durch welches die Dualität der zweipoligen Welt sich auflöst, weil es den Menschen von der Wirrnis befreit, die das Hin und Her der weltlichen Dualität in seinem Intellekt auslöst.

Die mystische Gemütsbewegung, gleichbedeutend mit »Innesein«, enthält alles, was vom Willen verdrängt wird, denn die geheimen Triebfedern der Psyche werden erst dann erkannt, wenn sich die Einstellung auf eine nur auf Leistung bezogene Welt ändert und man sich einem transzentalen Bewußtsein öffnet.

Um die Vision des Universums ständig zu erweitern, um den Weg zu finden, der aus dem Labyrinth der Wirrnis in das Licht der kosmischen Ordnung führt, kann man vier Meisterworte als Leitfaden benutzen.

»Wagen« loszulassen, was losgelassen werden muß,
»Wissen«, d. h. das Wesentliche erkennen,
»Schweigen«, wenn tiefinnerst Geschautes Gefahr läuft, mißverstanden zu werden, und
»Wollen«, nicht was man selber will, sondern was gewollt wird.

Wagen, Wissen, Schweigen und Wollen, wie auch Wissen, Wollen, Wagen und Schweigen sind Worte, welche in jeder beliebigen Reihenfolge verstanden, den Weg zur Freiheit ebnen.

Wenn der Mensch die Ausgeglichenheit der Natur zerstört, will er sicherlich nicht das, »was gewollt wird«, denn er wird letzten Endes das Opfer seiner Habsucht.

»Wissen im Erkennen des Wesentlichen« bedeutet sicherlich nicht, seinen Gewohnheiten zu frönen und sich Tatsachen wie z. B. der Erschöpfung der Schätze der Erde zu verschließen.

»Wagen« loszulassen, was losgelassen werden muß, heißt sich den Gesetzen der Bewegung unterwerfen.

Und »Schweigen« über das tiefinnerst Geschaute, um es nicht zu entweihen im Unverständnis derer, die es belächeln, ist eine Notwendigkeit in einer Welt, in welcher die Informationsmedien immer wieder mißbraucht werden.

Stirbt das Wunderbare, ist der Mensch seiner Wurzel beraubt. Wenn der rational denkende Mensch ihm den Rücken kehrt und es durch seine kritische Analyse vernichtet, verschwindet das übersinnlich Wahrnehmbare, das nicht etwa eine illusorische Einbildung ist, sondern der Grundstein, auf welchem die Intuition fußt. Der Mythos ist ein solcher Grundstein.

Richtig verstanden, ist der Mythos ein überzeitlicher Hinweis, der die Einbildungskraft umwandelt in intuitives Verständnis.

Um im Rhythmus der Zeit die Energien des Universums zu meistern, muß die Vergangenheit des Menschen Plattform der Gegenwart sein, denn nur auf diese Weise kann die Gesamterfahrung dessen, was war, nutzbringend umgewandelt werden in Erkenntnis dessen, was ist.

Deswegen ist das Gesetz der Evolution der Ariadne-Faden einer Beziehung, die den Ursprung mit dem Ende verbindet.

Ariadne ist der Name jener Jungfrau, die Theseus den Wollknäuel gab, der ihm ermöglichte, aus dem Labyrinth zu entkommen.
Der Mythos von Theseus ist griechischen Ursprungs; auf griechisch heißt die Spinne Arachne.
Arachne und Ariadne sind phonetisch verwandt, und die phonetische Cabale lehrt, daß Vokale die Seele der Worte seien, weil sie in ihrem rhythmischen Klang eine Botschaft brächten, die als schwingende Potenz des Ausdrucks aufzufassen seien.

Die phonetische Cabale befleißigt sich, diese den schwingenden Vokalen anvertraute Botschaft dem nicht physischen Ohre zugänglich zu machen. Sie lehrt, daß der Schall als eine dem Wort innewohnende Logik empfunden werden kann, wenn man auf übersinnlicher Ebene zuhört. So führt Ariadne zu Arachne, griechisch Spinne, und zum Verständnis der erstaunlichen Fähigkeit der Spinne, die ihr Netz spinnt, als ob sie alle Eigenschaften des Raumes kenne und in Betracht ziehe.
Die Widerstandskraft dieses Netzes ist viel größer, als die Feinheit des gesponnenen Materials erwarten läßt. Auch ist es den klimatischen Verhältnissen angepaßt und ändert sich mit den Jahreszeiten, der

Windstärke, der Besonnung und der Flugrichtung der Insekten. Nur ein genialer Mathematiker wäre vielleicht imstande, all dies auszurechnen, wahrscheinlich aber nicht.

Die Vollkommenheit des Netzes spiegelt eine höhere Intelligenz wider, und die Symbolik der Spinne, die sich auf diese Vollkommenheit stützt, soll zur Erkenntnis einer transzentalen Wahrheit leiten.

Das Netz versinnbildlicht in der indischen Tradition die Sonne, und die aus der Mitte kommenden Strahlen, seitlich verbunden, stellen die Stufen des endgültigen Aufstieges dar, durch welchen man den Leiden der Welt entgeht.

Die Spinne ist im Zentrum ihres Netzes das Sinnbild des Eingeweihten, der aus sich selbst das Wesentliche herausholt, das ihm ermöglicht, den Aufstieg bis in die höchsten Regionen zu vollziehen.

Es ist der Aufstieg zur Freiheit. Man spricht viel von Freiheit, doch sind wirklich freie Menschen seltener anzutreffen, als man glaubt, weil Freiheit den Mut bedingt, sich vom Alltäglich-Geläufigen zu trennen. Freiheit ist das Wesen jeder Zivilisation, weil Wesen des Geistes.
»Freiheit«, sagt Plotin, »ist seit aller Ewigkeit in den Plan des Universums eingeschrieben«.
Freiheit ist ein Seinszustand, der den Triumph der höheren Intelligenz kundtut. Frei sein von allem, was einengt, heißt sich befreien von jedem Atavismus, wie auch von jeder »karmischen« Auswirkung, welche, wenn erkannt, angenommen werden soll, um dadurch aufgelöst zu werden. Annehmen, selbst das anscheinend Unannehmbare durch Erkennen der Ursachen, die es hervorrief, ist das alchemistische »Vitriol«, das universale Auflösungselexier. »Vitriol« ist ein Wort, dessen Anfangsbuchstaben eine Formel versinnbildlichen, die lateinisch den Grundstein der Alchemie bildet. »Visita interiorem terrae rectificando invenies operae lapidem«. Frei übersetzt etwa, »Erforsche die Schlacke deines Tief-Innersten, um durch ihr Auflösen den Stein der Weisen zu entdecken«. Durch die Entdeckung ist man seinem wissensdurstigen Intellekt nicht mehr unterworfen und nicht mehr ver-

verleitet, in Büchern, Schriften oder Vorträgen eine Bestätigung seiner Meinungen oder seines Betragens zu finden. Man kennt sich selbst und seine verstecktesten Triebfedern. Man ist sich seiner langen, sehr langen Vergangenheit bewußt, ohne der Versuchung zu unterliegen, alles Empfundene logisch zu erklären, sei es, um es zu beurteilen, sei es um es in eine Abteilung des Gedächtnisses einzuordnen.
Man versucht nicht mehr, seine Vorleben zeitlich zu lokalisieren und zu erklären.
Man weiß, ohne zu wissen, als ob man in der verborgenen Bibliothek seiner eigenen Entwicklung lese, und überträgt demnach in sein schöpferisches Wirken eine überweltlich empfundene Harmonie.

Man klingt an an die höhere Intelligenz und nimmt teil an der kosmischen Freude, die dieses Anklingen hervorruft.

Man entdeckt die unglaubliche Vielseitigkeit des menschlichen Schicksals, das jeder erfüllen kann, wenn er im schöpferischen Handeln Wissen mit Bewußtsein verbindet.

Die überweltliche Ordnung ist das einzige Kriterium des freien Menschen, des Menschen der neuen und steten Elite.

Die heutige Zeit, behaupten so manche, fordert das Verschwinden jeder Elite.
Sie solle, heißt es, durch ein Gemeinschaftsbewußtsein und durch ein gemeinschaftliches Handeln ersetzt werden.

Nur wirklich freie Menschen gehören zu der Elite, um die es sich handelt, und diese soll nicht nur nicht verschwinden, sondern im Gegenteil ihre Verantwortung voll übernehmen.

Der freie Mensch muß in seinem Wirken jedem seiner Mitmenschen den Aufstieg zur Freiheit erleichtern, und zwar im Rahmen der Gesetze der Natur, die den verschiedenen Menschen Fähigkeiten unterschiedlicher Art gegeben hat.

Gleichheit vor dem Gesetz und im Berufsleben ist eine Selbstverständlichkeit, Gleichheit im Aufstieg ist unmöglich, da die Entwicklungsstufe eines jeden eine individuelle ist.

»Die Menge ist Wirrnis«, meinte Pascal, der große Denker. Die Menge kann somit keine Verantwortung tragen.
Der Einzelne muß wagen, der Menge, also der Wirrnis zu entgehen, um in der Erkenntnis seiner Fähigkeiten mit Hilfe der schon weiter Fortgeschrittenen aufzusteigen von einer Stufe zur anderen.

Die Wahl steht jedem frei, und zur Wahl gehört Mut, und dieser Mut ist immer eine Prüfung, die bestanden werden muß, um die schmale Pforte, die zum Reiche Gottes und seiner Gerechtigkeit führt, zu erreichen.

Allzuoft und vielerorts pocht eine falsche Elite auf ihre Rechte. Sie schlägt Ideologien vor statt Lösungen. Diese falsche Elite muß verschwinden.
Diejenigen jedoch, die die wahre Elite ausmerzen wollen, würden ihre eigene Zivilisation zerstören.
Der freie Mensch ist Fackelträger der Wahrheit, die als Harmonie und Liebe der kosmischen Ordnung entspricht.

Wie ist der Kosmos beschaffen? heißt eine Frage in den indischen Upanishad, und die Antwort lautet: in der Freiheit wird er geboren, in der Freiheit lebt er und in der Freiheit löst er sich auf.

Freiheit ermöglicht die Meisterung des Schicksals und ist somit das höchste erreichbare Ziel. Um es zu erreichen, darf man nichts von außen erwarten.
Dies soll nicht etwa zu der Folgerung führen, nichts zu lesen, nichts zu lernen, nichts anzuhören.
Nichts von außen erwarten heißt, ohne Unterlaß vorwärts schreiten, und nicht etwa abwarten, daß eine günstige Gelegenheit Mühe erspare. Im Schreiten öffnet sich eine Tür nach der anderen. Man wirkt und handelt im Vollbewußtsein seiner menschlichen Würde und seiner menschlichen Fähigkeiten. Das stetig wache Wahrnehmungsvermögen schaltet jede Illusion aus.

Jede Streitsucht, jede persönliche Forderung ist aufzugeben, um sich der Dynamik des Lebens anzuvertrauen. Im steten Wandel, im steten Verständnis des Planes des Universums, wirkt man, ein Mensch von heute in einer Welt, die niemals stille steht.

Häufig trifft man insbesondere junge Menschen an, die den Wunsch haben, alles stehen und liegen zu lassen. Dieser Wunsch entspringt manchmal dem Bedürfnis, einer Verantwortung zu entrinnen. Die Welt, wie sie ist, enttäuscht. Dies ist verständlich. Das nicht Herkömmliche zieht vor allem die heranwachsende Generation an, nicht immer als notwendige Erforschung einer noch wenig bekannten Dimension unseres Universums, sondern weil das Phänomenale Machtgefühle vorgaukelt, an denen man im Unterbewußtsein hängt.
Macht ist die Parole unserer Zeit. Ihr den Rücken kehren, öffnet den Weg zur Freiheit.

Selbstverständlich soll man nicht dem Herkömmlichen den Rücken kehren, nur weil man vom Nicht-Herkömmlichen angezogen ist.

Die als Parapsychologie bekannte Wissenschaft kann jedoch eine ganz neue Dimension unseres Universums erschließen vorausgesetzt, daß man jede Irreführung vermeidet. Die Beobachtung der verschiedenen Psi-Phänomene hat eine sehr weitläufige Literatur ins Leben gerufen, die sich mit Glaubhaftem und Falschem, mit Erfundenem wie auch mit Erlebtem befaßt.

Klare Einsicht ist notwendiger denn je, weil nichts verführerischer ist, als in der okkulten Welt Beweise dessen, was man glaubt oder glauben will, zu finden. Diese Beweise, die oftmals keine sind, befestigen Meinungen, deren Richtigkeit nicht geprüft wird.

Falsche Propheten behaupten, diesen oder jenen Meister als Lehrer gehabt zu haben und vielleicht gar auf Sirius mit Buddha und Jesus zu Mittag gespeist zu haben.

Kein Grund zum Lächeln!
Es handelt sich um Berichte, die in Buchform erschienen sind.

Es ist sehr begreiflich, vom Unbekannten angezogen zu sein. Die Sehnsucht, großen Mystikern zu begegnen, entspricht einem tiefinnersten Gefühl. Gerade darum ist es wichtig zu wissen, daß auf dem initiatischen Wege jede Beeinflussung untersagt ist, und daß derjenige, der sich einer Beziehung zu einer hochentwickelten Wesenheit der hyperphysischen Ebene rühmt, diese sofort verlieren würde, hätte sie bestanden.

Jede Illusion auf dem Wege der inneren Reife ist eine Schranke. Jede Beeinflußung ein Hindernis.

Die Bereitschaft des Geistes und des Herzens, mitzuhelfen am großen Werk der Natur, kann niemals die Folge eines blinden Glaubens sein, sondern nur die Folge einer gewissenhaften Erforschung, denn die Wahrheit erkennen und Irrtümer vermeiden ist die Prüfung, die jeder allein und unvoreingenommen bestehen muß.

Moderne Seelenverkäufer sind am Werk. Man verkauft Rezepte, die Seligkeit versprechen. Das Okkulte, wie auch das Spiritistische wird in falscher Form verbreitet und als tranzendentaler Weg bezeichnet.

Als ein Weg, der eine Abkürzung des Pfades zur Bewußtwerdung sein soll. Das Wunderbare wird veralltäglicht, man handelt in Beschwörungsformeln der metaphysischen Ebene.
So manches echte und ehrliche Sehnen verfällt der Lockung, schnell vorwärts zu kommen und verfehlt somit den Weg.

Um das sichtbare und unsichtbare Universum zu erforschen, muß man reinen Herzens sein.

Freiheit als Ziel anzustreben wird zum Hindernis, man muß das Ziel vergessen, um unabhängig von jeder Absicht vorwärts zu schreiten. In diesem Vorwärtsschreiten erweitert sich die Weltschau zu einem allumfassenden Verständnis.
Illusion, Voreingenommenheit, Machtwünsche und Anziehungskraft des Phänomenalen fallen ab von einem wie die reife Frucht vom Baum.

Erkenntnis lüftet den Schleier des Mysteriums. Man sieht die Welt mit anderen Augen. Man ist neu geboren und erwacht zum Leben im richtigen Dasein.

IV

IM RHYTHMUS DER WELTSEELE

»Das Licht der Sonne, auch wenn es auf eine Kloake fällt, bleibt stets makellos rein.«

Marc Aurel

Die Kunst des Lebens ist nicht mühelos erlernbar.
Sie ist Ergebnis der Bewußtwerdung des Menschen, der jetzt in Freiheit — unbeeinflußt, unvoreingenommen, vorurteilslos, spontan und ohne Umwege — seinen Lebensweg geht. Seine Handlungen sind folgerichtig, seine Gedanken klar, innere und äußere Motivation widersprechen sich nicht mehr. Er wird anderen, ohne es selbst zu wollen, Vorbild. Er ist wahr.

Unsere Vorväter nannten den im Kosmos pulsierenden Rhythmus die »Weltseele«, und diese kann dem biblischen Begriff »Wort« gleichgestellt werden, dessen Abrollen unser Universum offenbart.
Im Universum bekundet sich die dem »Wort« innewohnende höchste Intelligenz als eine unumstößliche Logik, die, wenn erkannt, auch das alltägliche Wirken in eine sinnvolle Erfahrung umwandelt.

Es ist jedoch notwendig, um diese Sinngebung zu erfassen, alle gewohnheitsbedingten Denkschemen aufzugeben, denn in ihrer Struktur widersetzen sie sich der immerwährenden Schwingung, die dem Zeitgeschehen seine niemals gleichbleibende Koloratur verleiht. — Diese wahrzunehmen erfordert eine innere Verfassung, die man Sympathie nennen könnte, wenn man das Wort Sympathie nicht als Zustimmung auffaßt, sondern als ein jeder Voreingenommenheit entbehrendes Verständnis.
Dieses Verständnis entspringt keinem Wissensdurst, auch ist es nicht das Resultat gelehrter Erörterungen.

Es entspricht einem Zustand des »Inneseins«, der das tatkräftige Handeln auf richtige Weise ermöglicht.

Das Innesein erwächst aus der Stille des Intellekts. In dieser Stille offenbart sich die Weltordnung. Kosmos ist ja das griechische Wort für Ordnung, und sich ihr unterwerfen, birgt eine wohltuende Macht. Demnach lehrten die Weisen, daß Wille erhabenes Schweigen sei, dank welchem die Liebe kein Hindernis und das Verständnis keine Grenzen kenne.

Im Innesein ändert sich die Anschauung der Welt. Man entdeckt die Beziehung, die das Atom mit dem Universum verbindet, denn jedes Partikel wirkt mit in der Fortpflanzung der Energien, die im Universum schwingen.

Der Rhythmus ist das Wesen einer magischen Dynamik, die in den grundlosen Tiefen der Natur die Mannigfaltigkeit der Formen gebiert, die dem Universum seine Schönheit verleiht.

In der Stille des Inneseins, im Einklang mit dem Rhythmus der Weltseele erwacht das Bewußtsein dessen, was schön, gut und wahr ist, sowie das Bewußtsein, mitwirken zu können am großen Werk der Natur, mitspielen zu können auf einer magischen Klaviatur, deren unhörbarer Klang die Phänomene unserer Welt beeinflußt.

Die Worte magisch, Magie, Magier, erwecken stets großes Mißtrauen. Zu viele Schwindler maßten sich an, Magier zu sein. Es ist somit notwendig, die wahre Magie von der angeblichen zu unterscheiden.

Spricht Gott nicht magische Worte in die Stille des unendlichen Raumes:

                Es werde Licht,

Spricht Jesus nicht magische Worte, wenn er sagt:

»Hättet ihr Glauben so groß wie ein Senfkorn, dann würdet ihr diesem Berg befehlen, sich wegzuheben, und er würde gehorchen«.

Ist dies nicht der Beweis der Macht des »Wortes«, der Macht seiner hörbaren oder unhörbaren Schwingung?
Spricht die moderne Wissenschaft nicht von einem Wellenkontinuum, dessen Schnittpunkte Atome hervorzaubern, eine Vorstellung, so abstrakt wie die von Gott?

Daß unsere Vorväter dieses Wellenkontinuum das »Beben des Hauches Isis« nannten, zeugt von ihrer poetischen Ader, aber auch von ihrem erstaunlichen Wissen.

Warum fürchtet man das Wort »Magie« ?
Warum wird man getadelt, wenn man es benützt?
Ist die unwiderstehliche Macht der Liebe nicht reinste Magie?

Die heutzutage als selbstverständlich angesehenen Vorkommnisse der Parapsychologie wurden vor gar nicht so langer Zeit als unsaubere Magie bezeichnet und wurden von der Wissenschaft systematisch geleugnet.

Ist dies nicht der Beweis, daß die Magie einer Epoche zur Wissenschaft einer anderen wird?

Nein, nehmen wir dieses Wort an und erforschen wir mit reinem Herzen die von Gott magisch projizierte Welt, denn nichts, was geheim ist, soll geheim bleiben.

Seien wir uns aber bewußt, daß diese Erforschung notwendigerweise sich befassen muß mit allem, was auf dieser physischen Ebene uns begegnet, sei es auch Krieg, Hunger, Durst, Krankheit, Hast, Angst, Habgier und Tod.

Nur durch diese Erforschung destilliert man das Lebenselixier, welches zur Gleichmütigkeit verhilft gegen Hunger, Durst, Angst, Hast und Tod.

Verwechseln wir nicht Gleichmut mit Lässigkeit oder Unempfindlichkeit. Es handelt sich um eine Losgelöstheit, um eine heitere Unbetroffenheit, die der Stille des Inneseins entspricht. Sie ermöglicht die Wunder, die der Geist vollbringen kann, und veranlaßt, wenn richtig verstanden, jeden Menschen, die volle Verantwortung seiner Handlungen zu tragen.

Jeder Mensch, bewußt oder nicht, greift ein in die pulsierende Schwingung sichtbarer und unsichtbarer Energien, und Unkenntnis schützt vor Folgen nicht.
Groß ist die Verantwortung eines jeden, besonders wenn man in der Kenntnis der Gesetze der magischen Dynamik des Rhythmus verleitet wird, sie für persönliche Zwecke anzuwenden.
Um in das Arkanum der unsichtbaren Bewegung unseres Universums einzudringen, um die Gesetze, denen das »Beben des Hauches Isis« gehorcht, zu erforschen, des Hauches der Göttin der Mysterien der Natur, ist es notwendig, Stille zu üben, um die persönliche Melodie anklingen zu lassen an die Symphonie der Welt, die sich dem inneren Ohre offenbart.

Stille üben heißt auf den stillen Wächter hören.
Der stille Wächter ist frei von jeder Voreingenommenheit, Zeuge nicht dessen, was man zu wissen oder zu verstehen meint, sondern Zeuge eines übermentalen Verständnisses, dessen Richtigkeit die Zustimmung der Vernunft nach sich zieht.

In der Stille des Inneseins offenbaren sich die urzeitlichen Beziehungen einer unbewußten Symbolwelt mit den sinnlich nicht spürbaren Impulsen der hohen Astralsphäre. Man ist in seinem Körper »eins« mit seiner Umwelt. Im intensiven Erfassen verwandelt sich der leichte Flug einer Taube in ein Sinnbild des Heiligen Geistes. Man befindet sich in einem Zustand der Meditation, ohne jedoch den festen Boden der Erde zu verlassen.

Die hohe Astralsphäre spiegelt die kosmische Ordnung wider, ein Spiegelbild feinster Energien in ihrem unsichtbaren Einfluß, während die niedere Astralsphäre die irdischen Schwingungen reflektiert, die oftmals mit ersteren verwechselt werden. Das Erforschen der verborgenen Gesetze dieser Astralwelt und ihre Meisterung

wurde seit jeher die Wissenschaft der Wissenschaften genannt, d. h. »Magie«. Alle Zivilisationen kannten sie, alle Zivilisationen hatten ihre Philosophen, ihre Weisen, ihre Astrologen und ihre Propheten, und sie alle waren Magier, eingeweiht in die Geheimgesetze der Natur. Alle Religionen in ihren Zeremonien und Riten übten und üben Magie. Auch die katholische.
Sie verurteilt zwar magische Praktiken sowie den Willen zur Magie, aber es ist nicht leicht zu widerlegen, daß z. B. Exorzismus, also »Austreibung böser Geister«, etwas anderes sei als Magie.

Auch die sogenannte Katharsis, eine Läuterung durch rituelle Beschwörung oder durch Musik, muß als Magie angesehen werden, ebenso die Substanzverwandlung durch sakramentale Weihung.

Auf dieser Ebene haben wir es mit der Kunst oder der Wissenschaft zu tun, Geheimkräfte zu leiten. Auf solch unsichtbarer Tastatur spielen, heißt psychische Energien entbinden, und dies muß als Magie bezeichnet werden. Solche Energien seinem Willen zu unterwerfen, entspricht der Meisterung subtilster Schwingungen, deren Wirkungskräfte phänomenale Erscheinungen hervorrufen. —
Jeder Ritus stützt sich auf taktmäßige Wiederholungen von Melodien, Tönen oder Worten. Diese Wiederholungen induzieren in der Psyche des Menschen Impulse, die bestimmte Regionen des Unterbewußtseins in Schwingung bringen. Diese Schwingungen können bis zur Raserei verstärkt werden.

Der Stimulus der psychischen Energien kann in gewissen Fällen Phänomene der Suggestion und Autosuggestion hervorrufen, auch unterbewußte Symbole zum Bewußtsein bringen oder auch einen hypnotischen Zustand einleiten.
Um derartige Resultate zu erzielen, um in der Lage zu sein, rhythmische Energien zu konzentrieren, zu verstärken und zu fokalisieren, ist es notwendig, gewisse Vorbedingungen zu erfüllen.
Selbstverständlich sind schwache Naturen äußerem Einfluß zugänglicher als starke.

Der schwarze Magier oder der böse Zauberer — es wird als schwarze

Magie oder Zauberei jene Handlung gebrandmarkt, die persönlichen Interessen dient, — weiß genau, wie er schwache Naturen beeinflussen kann.
So ist Angst ein von schwarzen Magiern oft gehandhabtes Mittel, um psychischen Einfluß auszuüben.
Selbst gutgemeinte Erforschung der okkulten Welt sollte nur von wirklich Eingeweihten unternommen werden.

Es ist gefährlich, in die ätheromagnetischen Weiten der Erde einzudringen, ohne durch sein reines Herz und seine reinen Absichten geschützt zu sein.
Die Anziehungskraft aller Erscheinungen des Phänomenalen ist groß und erweckt Neugierde.

Der unzulänglich Vorbereitete kann das Opfer einer Einbildung werden, wenn er Impulse der niederen Astralsphäre, in welcher unaufgelöste Gedanken und Leidenschaftsformen wirbeln und sogenannte ätherische Larven umherschwirren, auf falsche Weise deutet.

Um dies zu verhindern, übermitteln Eingeweihte ihren Schülern sogenannte Machtworte, im Orient »Mantram« genannt, welche, wenn sie dem persönlichen Rhythmus entsprechen, übersinnliche Wahrnehmungen erleichtern und Irrtümer verhüten.
Um die Wirkung der Machtworte zu verstehen, muß man sich vor Augen halten, daß Wiederholungen von Klangwellen gewisse psychische Zentren zum Schwingen bringen, was einen beruhigenden wie auch einen begeisternden Einfluß haben kann. Das Erfassen auch feinster Impulse der Astralwelt kann auf diese Weise erleichtert werden. Auch erweckt die dem Machtwort eigene Symbolik im Unterbewußtsein begrabene Erinnerungen, und so wirkt die ihm innewohnende Dynamik läuternd.
Solche Möglichkeiten sind verlockend und werden dementsprechend verbreitet.
Man verkauft Mantrams und flüstert sie Leichtgläubigen ins Ohr, um ihnen weiszumachen, daß sie ihnen allein, und keinem anderen bestimmt seien.

Dem Papyrus Bruce zufolge soll Jesus seinen Jüngern Machtworte auf den Weg gegeben haben, um ihnen zu erleichtern, gewissen Regionen des niederen Astralraumes und deren schädlichen Ausdünstungen zu entgehen. Vielleicht auch nach dem Tode. — So erwähnt das Ägyptische Totenbuch Machtworte, die die freie Durchquerung des Jenseits verbürgen.

Isis, die Göttin der Geheimnisse der Natur, führt den Titel »Dame der magischen Worte«. Thot Hermes, der manchmal als ihr Vater bezeichnet wird, wurde nicht nur als Gott angebetet, sondern auch als Meister des Rhythmus gewürdigt, somit als Meister des Karmas, des menschlichen Schicksals — im Diesseits und Jenseits.

Rhythmus ist eine Schwingungsfrequenz und diese kann durch Zahlen ausgedrückt werden.
Das Ineinanderwirken aller Frequenzen, die sich von der feinsten bis zur gröbsten Schwingung im Universum offenbaren, kann somit zahlenmäßig erfaßt werden.
Es handelt sich nicht um mathematische Zahlen, sondern um transzendentale esoterische Zahlen, Bindeglieder zwischen der kosmischen Ordnung und ihrer sichtbaren oder fühlbaren Auswirkung.

Thot Hermes war der Urheber einer auf Zahlen gestützten Geheimlehre, die Pythagoras nach Europa einführte. Die Geheimlehre der Zahlen bietet einen Schlüssel an, der das Mysterium der kosmischen Bewegung zugänglich machen soll. —

»Durch die Geheimlehre der Zahlen«, sagt Pythagoras, »wirst Du erkennen, was ein Sterblicher erkennen kann, denn die Natur ist sich auf allen Ebenen gleich«.

Die Verlockung sowohl der Machtworte wie der Geheimlehre der Zahlen öffnete die Schleusen zu einer Ausbeutung des allzu verbreiteten Aberglaubens.

Die Überzeugung, daß geheime Energien in Amuletten oder Talis-

manen walten und daß diese Energien Schutz gewähren gegen Unglück und Krankheit, führte zu einer lukrativen Industrie, deren Räder sich noch heute drehen.
Talismane und Amulette mit kabbalistischen und astrologischen Zeichen, aber auch mit Bildern von Heiligen oder ägyptischen und griechischen Gottheiten, sind in der ganzen Welt im Umlauf. Es ist eine verständliche menschliche Schwäche, Schutz zu suchen, und sich der Überzeugung hinzugeben, ihn gefunden zu haben.

Es ist gewiß unzulässig, Beziehungen zu verneinen, die die Menschheit mit transzendentalen Kräften oder Wesenheiten verbinden, welchen Namen immer man ihnen geben mag.
Ebenso wenig ist es angängig, die Tatsache zu leugnen, daß ein Symbol, sei es graviert, geätzt, geschnitzt, geprägt oder geschrieben, unbewußte und unterbewußte Energien in Schwingung bringen kann. Auf übersinnlicher Ebene kommt es dann nämlich zu einem Anklang an Rhythmen, welche der innewohnenden Dynamik des Symboles entsprechen. Aberglaube soll jedoch nicht mit Einsicht verwechselt werden.

Weiße Magie waltet im Sinne der kosmischen Gesetze, im Sinne eines lebenswichtigen Fortschrittes, welcher alles Bestehende weiter entwickelt.

Schwarze Magie sucht einen persönlichen oder kollektiven Vorteil zu erzielen und wirkt dem Gesetz des Lebens entgegen. Dies ist umso gefährlicher, als echtes Wissen, also die Kenntnis des verborgenen Waltens der Natur, solche Handlungen sehr wirksam unterstützt.

Der Schwarze Magier mag einen verderblichen Einfluß um so leichter ausüben, als Angst die menschliche Psyche beeinflußt und sie ihm erschließt.

Das harmonische Gleichgewicht der physischen, psychischen und geistigen Haltung des Menschen ist allzuoft beeinträchtigt oder gestört in der modernen Welt.

Dieses Gleichgewicht ist jedoch die einzige sichere Wehr gegen alle Herausforderungen sowohl des Alltags wie auch der Umgebung und der schädlichen äußeren Einflüsse.

Die Großstadt in ihrer öden Wucht, das Hasten einer namenlosen Menge in den lärmenden Straßen, die Einsamkeit der zu Schlafstätten gewordenen Wohnungen, die angebliche Sinnlosigkeit des »Daseins« rufen pathologische Angstzuständse hervor, die junge und nicht mehr junge Menschen zu Vereinen treiben, deren esoterisches, politisches oder soziales Aushängeschild nur ein Vorwand ist.
Hinter den Kulissen ziehen bekannte oder unbekannte Leiter die Fäden, um die Beteiligten wissentlich oder unwissentlich zu Instrumenten ihrer Absichten zu machen, die nicht immer rein sind. —

Nur das klare Einsehen, das Innesein, enthüllt die wahren Werte des Lebens, die der Alltag widerspiegelt, wenn man ihn als Exerzitium auf dem Weg der inneren Reife betrachtet. Dieses Einsehen ist ein Schutz der niemals versagt!

Dem Innesein entspringt das Verständnis, dem Verständnis die Liebe. Sie führt über die Schwelle, jenseits welcher das Licht der Weisheit leuchtet.

Gestern wie heute, in Tibet wie auch anderwärts, wurden und werden von Priestern, Lamas und Schamanen Riten geübt, um »Dämonen« ihrem Willen zu unterwerfen.
Nehmen wir an, daß es sich in diesem Falle um unsichtbare, erdgebundene Elementarkräfte handelt. Diese, von einem Willen geleitet, könnten verschiedene, noch wenig bekannte Phänomene wie Telepathie, Mediumität, Telekinese oder Poltergeisterscheinungen erklären.
Die Wissenschaft studiert diese Erscheinungen, die sie bisher als Phantasiegebilde ansah, und prägte einen neuen Namen für sie: Psychotronik. —

Wie dem auch sei, die Handhabung okkulter Kräfte vermittelt demjenigen, der sie handhabt, auf verschiedenen Ebenen Einfluß.

Um zu verhindern, daß dieser Einfluß in falscher Richtung angewendet werde, also um schwarze Magie auszuschalten, wurde seinerzeit die Initiation in die Mysterien der Natur nur einer strengstens ausgewählten Elite erteilt.
Um Zugang zu finden zu den Einweihungstempeln, um zu der Geheimwissenschaft zugelassen zu werden, mußte der Bewerber seine Uneigennützigkeit sowie seine menschlichen Eigenschaften beweisen.
War dieser Beweis gegeben, mußte er schwören, das Geheimnis all dessen, was gelehrt wurde, zu wahren.

Immer wieder betonen die wenigen vorhandenen Dokumente diese Verpflichtung.
Geistiger Tod wurde dem Verräter angedroht, der Riten, Zeremonien, Erkennungszeichen oder Machtwörter enthüllen würde. Erst nach langer Prüfung oder nach Erfüllen schwerer Bedingungen, wie z. B. jahrelangem Schweigen, wurde der Postulant ins Arkanum der Geheimwissenschaft eingeführt.

Volles Verständnis, so wurde gelehrt, befreie vom Grabe und ermögliche die Meisterung des magischen Vierecks, also die Meisterung der raumzeitlichen Welt, in einer Hingabe an die göttliche Geliebte, an die überweltliche Harmonie.
Diese Hingabe wurde als Meditation betrachtet.

Alle, die in unserem Zeitalter Meditation üben, sind auf dem Wege der inneren Reife, auf dem der Stille Wächter wacht. Sie sind auf dem Wege einer fundamentalen, einer wesentlichen Umwandlung, Brennpunkt einer unsichtbaren Energie, die in ihnen und um sie strahlt.
Falls diese wesentliche Umwandlung stattfindet, tappt man nicht mehr blind auf den Pfaden des »Daseins«.
Haß, Leiden, Habsucht, Stolz und manches mehr, fallen ab wie tote Blätter im Herbst.
Man erkennt die wahren Probleme und beleuchtet sie, ohne zu urteilen, ohne zu rechtfertigen, ohne Befriedigung und ohne Mißfallen. Man ist frei. —

Auf dem Wege dieser Umwandlung sollen Lichtbojen die Richtung weisen.
Sie leuchten als initiatische Weisheit, die heute verbreitet werden soll, um die Menschheit zu veranlassen, die Macht, die die Wissenschaft ihr gibt, auf richtige Weise zu nützen.

Der in den Eleusinischen Mysterienfeiern übliche Fluch, der denjenigen treffen sollte, der initiatische Geheimnisse preisgab, ist jetzt aufgehoben, denn die Gefahr, die Energien zu entfesseln, welche der heutigen Menschheit, Tod und Verwüstung bringend, zur Verfügung stehen, ist größer als die Gefahr einer falschen Ausnützung der esoterischen Geheimlehren.

Unkenntnis dieser Energien macht aus dem heutigen Menschen einen Zauberlehrling, welcher den Sturm entfesselt, ohne das Meisterwort zu kennen, das ihm Einhalt gebiete.
Dieses Meisterwort anwenden zu können ist Magie. Es handelt sich nicht um böswillige Zauberei, nicht um kindischen Aberglauben, auch nicht um überschwengliche Einbildungskraft, sondern um ein Bewußtwerden des Wirkens der Dynamik des Lebens in den grundlosen Tiefen der Natur.

Magie, richtig verstanden und angewandt, führt zur wahren Kenntnis der Kräfte der Natur, führt »zum Stein der Weisen«, einem Stein, der seit Aeonen unter einem schweren Deckel ruht.

Der Versuch, diesen Deckel zu lüften, wäre der Mühe wert.
Sei's gewagt!

V

DER STEIN DER WEISEN

> »Die Gabe der Prophezeihung mag mir verliehen sein, so auch die Kenntnis aller Mysterien und aller Wissenschaften. Ich mag von einem unendlichen Glauben beseelt sein, der Berge versetzt, doch fehlt mir die Liebe, so bin ich nichts.« St. Paulus

Kein Tag vergeht, der nicht neue Entdeckungen und damit neue Theorien und Voraussetzungen brächte, die die Erklärung des Universums grundlegend ändern.
Wissenschaftliche, pädagogische, soziale Neuerungen werfen alteingewurzelte Ideen über den Haufen, und selbst das uns Vertrauteste, das Stofflich-Körperliche, entzieht sich der bisher gehabten Auffassung, indem Stoff sich in Energie verwandeln lässt und Energie sich zu Stoff verdichten kann.

Eine neue Weltschau ist im Entstehen, und groß ist die Unschlüssigkeit der Menschen, vor allem der heranwachsenden Jugend, die zögert, einen Weg ohne sicheres Ziel einzuschlagen.
Die Erscheinungen der Parapsychologie, sowie die Phänomene der sogenannten okkulten Welt, werden weitgehend verbreitet, und man wundert sich kaum, zu erfahren, daß Pflanzen eine Psyche haben, daß eine verborgene Kraft im Menschen wirkt, daß sie von ihm geleitet werden kann, und daß sie sich anscheinend zeitlos fortpflanzt. Ihr Ursprung ist vielleicht im pulsierenden Leben selbst zu finden.

Physiker sprechen eine Sprache, die der der Mystiker ähnelt.
So behaupten sie unter anderem, das Universum sei einem kosmischen Bewußtsein entsprungen, welches das Raum-Zeitliche gebar.

Solche Sprache kommt der der Weisen der Antike recht nahe. Diese sahen das Universum als eine durch Geist bereicherte Leere an, eine Anschauung, die nicht abstrakter ist als die der Physiker.

Verwirrt durch Theorien und Gegentheorien, verwirrt durch immer wieder falsch gesehene Probleme, verwirrt durch eine anscheinend sinnlose Existenz, unterworfen der Angst, der man entrinnen möchte, flieht man nach vorwärts. — Man läßt sich treiben, man stürzt sich in alle Arten von Ausschweifungen, man sucht einen Meister, schließt sich Sekten oder Gruppen an, oder man glaubt im Terror einen Ausweg zu finden. Die Gewalttätigkeit nimmt überhand, und man vergißt, daß das eigene Schicksal, wie auch das aller Menschen, durch Unkenntnis und Unverständnis immer schwerer zu ertragen ist.

Will man seinen Weg und seine Verantwortung im Dasein erkennen, muß man sich aller Vorurteile entledigen. Man muß sie auflösen und muß, um wirklich zu verstehen, das Denkvermögen einem intuitiven Erfassen und nicht einer zielbewußten Logik unterwerfen, denn die Logik führt zum Urteilen, zum Ver- und Vor-urteilen. die Intuition führt uns zum wahren Bewußtsein einer Realität, die dem Intellekt entgeht.

»Das Denkvermögen ist das von Gott den Menschen zu ihrer Leitung gegebene Licht«, schreibt Descartes, der französische Realphilosoph, in einem seiner Werke.

Das Denkvermögen ermöglicht das Erkennen des Richtigen, und was richtig ist, ist wahr. Das Wahre entspricht einem Innesein, einer Hellhörigkeit, durch welche die klanglose Stimme der höchsten Intelligenz vom inneren Ohr empfangen wird.

Nur durch das Auflösen aller mentalen Strukturen gelangt man zur Hellhörigkeit und zu einer wesentlichen Umwandlung, die zur Einsicht im wahrsten Sinne des Wortes führt, einer Einsicht, die den Stein der Weisen offenbart.

Der Stein der Weisen ist ein mysteriöses Objekt. Eine Tarnkappe entzieht ihn der Sicht allzu voreiliger Sucher. Erst Schicksalsbejahung und Meisterung — Ursache und Folge, Ursache und Reife erkennend — führen zu seiner Entdeckung.

Einer uralten Überlieferung zufolge kann der Stein der Weisen nur in der Stille des Inneseins gefunden werden. Die wahre Stille ist tief und spannungsfrei. Sie wird nicht von äußeren Umständen beeinflußt und kann als höchste Ordnung empfunden werden. Ordnung in diesem Sinne spiegelt eine physische, psychische und geistige Ausgeglichenheit wider. Falsche Begriffe, eingewurzelte Gewohnheiten, feststehende Voreingenommenheiten lösen sich auf. Frei von jeder Bedingtheit ist Hellhörigkeit ein Verständnis, dessen Ursprung auf übermentaler Ebene zu suchen ist.

Die Probleme werden in ihrem wahren Umfang erkannt, jede Handlungsweise entspringt dieser Erkenntnis und entbehrt aller Reaktion.

Der Stein der Weisen wirkt als Quelle der Tugend, besagt die Tradition, denn derjenige, der ihn entdeckt, verachtet die Eitelkeit der Welt, ihren Ruhm und ihr nutzloses Streben nach Macht. Er hat nur einen Wunsch, sich nützlich seinem Nächsten zu erweisen und die geheimen Gesetze der Natur zu erforschen, um sich ihnen anzupassen. Sein Bewußtsein schafft eine erneute Beziehung zu den Elementarkräften der Erde, und so im Einklang mit dem Schönen, Wahren und Guten, wird jede Handlung das Bindeglied zwischen »Oben« und »Unten«. —

Der rational denkende Mensch des zwanzigsten Jahrhunderts ist überzeugt, daß der Stein der Weisen ein mittelalterliches Produkt des Aberglaubens sei.
Dies hindert ihn nicht, neugierig zu fragen, ob der Stein wirklich ein Stein gewesen sei, oder nur eine bildliche Umschreibung einer abstrakten Idee. Diese oft ausgedrückte Neugierde sollte ihn verleiten, den Mythus zu ergründen, der seit der Urzeit den Menschen und den Stein verbindet. So heißt es, daß Zeus, von der Vermessenheit der Menschheit tiefstens enttäuscht, seinen Bruder Poseidon

bat, alle ihm unterstehenden Gewässer zu entfesseln.
Poseidon fügte sich dem Willen seines Bruders, und eine Sintflut überschwemmte die Erde; einzig der Gipfel des Berges Parnassus blieb verschont. Nach neun Tagen und neun Nächten zogen sich die Gewässer zurück.
Aus einer an den Gipfel angeschwemmten Kiste entstiegen ein Mann und eine Frau: Deukalion, der Sohn des Prometheus, welcher den Menschen das Feuer des Himmels brachte, und seine Nichte.
Soweit das Auge reichte, herrschte nichts als Öde. Deukalion und seine Frau waren die einzigen Überlebenden.
Schreckerfüllt knieten sie in einem erhalten gebliebenen Tempel nieder, um zu beten. Da hörten sie eine Stimme: »Bedecket Euer Angesicht!«
»Gehet und werfet Steine hinter Euch!«
Sie gehorchten und aus jedem Stein erwuchs ein Mensch.

Legenden über Steine gibt es viele. In der Bibel heißt es, daß Jakob, seinen Kopf auf einen Stein gebettet, einschlief. Er träumte, daß eine Leiter diesen Stein mit dem Himmel verbinde, eine Leiter, auf der Engel auf- und niederstiegen.
Der heilige Gral ist aus einem Smaragd geformt. Der Smaragd wurde als Stein des grünen Lichtes bezeichnet, Sinnbild der Dynamik der Natur.

Kybele, Gottesmutter des Zeus, wurde geehrt in der Form eines schwarzen Steines, und die Kaaba in Mekka ist ebenfalls ein in einem Quader eingebetteter schwarzer Stein.

Nun ist das graphische Wahrzeichen des Steins der Weisen ein Quader, welcher von einer Spitze gekrönt wird.
Der Quader stellt die raum-zeitliche Welt dar, und die Spitze ist die Erleuchtung, zu welcher ihre Erforschung führt.

Der Stein spielt in der Symbolwelt des Menschen eine prominente Rolle, weil ein Funke ihm innewohnt, der den Geist versinnbildlicht, welcher selbst die härteste Materie beseelt.

Bei der Versuchung in der Wüste erbietet sich Satan, Steine in Brot zu verwandeln, und Brot ist eine Grundnahrung.

Der rational denkende Mensch des zwanzigsten Jahrhunderts, verwickelt in den Schlingen seines Intellekts, lächelt mitleidig über die Kinderei, an Hirngespinste zu glauben, auch wenn sie »Stein der Weisen« heißen.

Und doch ist es eine Tatsache, daß die fortschrittlichsten Geister des Abendlandes an ihn glaubten.
Es ist auch kaum denkbar, daß Hirngespinste eine jahrtausendelange Lebensdauer haben könnten, ohne auf fester Grundlage zu fußen.

Der Stein der Weisen, behauptet die hermetische Überlieferung, ist das Erzeugnis des großen alchemistischen Werkes.
Der Besitzer des Steines soll vom Grabe entbunden sein, und das Lebenselixier, das er destilliert, verbürgt ihm ewige Jugend. Auch heißt es, er sei in der Lage, im Nachahmen der Gesetze der Natur ein Element in ein anderes zu verwandeln.

Nun könnte man fragen: Handelt es sich um die Meisterung einer unbekannten Energie, um die Meisterung eines dynamischen Fluidums, das man verdichten und leiten könnte, handelt es sich um die Geisteskraft, die Wunder vollbringt, oder gar um ein verborgenes Element, dessen Ausstrahlung auf Distanz wirkt? Um in voller Freiheit diese Fragen zu beantworten, ohne von vornherein von Vorurteilen beeinflußt zu sein, ist es von Wichtigkeit, jedes Wort richtig zu deuten.

Als Energie soll jene Ursache bezeichnet werden, welche eine kontrollierbare Wirkung hervorrufen kann.
Da der Stein der Weisen das Erzeugnis des großen alchemistischen Werkes sein soll, ist es wohl notwendig, die Angaben der hermetischen Wissenschaft zu prüfen, um vielleicht den versteckten Sinn einer Anzahl von Schriften zu ermitteln, deren Ernst unzweifelhaft erscheint.

Große Geister wie Virgil, Ovid, Plotin, Apollonius von Tyana, Roger Bacon, Dante Alighieri, St. Thomas von Aquin, Nicolas Flamel, viele andere und nicht zuletzt Newton, versuchten es.

Päpste und Kaiser waren Alchemisten, woraus nicht gefolgert werden darf, daß es ihnen gelungen wäre, den Stein der Weisen zu erzeugen. Auch wurden sie Opfer von Schwindlern, deren Machenschaften allzuoft allzu viele täuschten.

Die hermetischen Schriften in ihrer verblümten Sprache, die umso schwerer verständlich ist, als jeder Autor sich bemühte, seinen Wortschatz auf eine persönliche Weise anzuwenden, um Unbefugte zu entmutigen, verweisen immer wieder auf eine »Materia Prima«, also auf einen Rohstoff von äußerster Subtilität.
Nur derjenige, der imstande ist, das siebenspeichige Rennpferd Zeit zu meistern, heißt es, kann diese Materia Prima nach seinem Willen leiten.
Die Tausend und eine Arten, die über drei Entwicklungsstufen zu dieser Meisterung führen sollen, wirken verwirrend auf den Laien.
Darum wollen wir beiseite lassen, was verwirrt, um zu versuchen, in der Gedankenwelt unserer Zeit auszulegen, was gemeint ist.

Sollten die sieben Speichen etwa die sieben Sinne darstellen, von denen nur fünf heutzutage dem Menschen geläufig sind, obwohl man vom sechsten Sinn spricht, um ein intuitives Verständnis zu bezeichnen.

Was das Rennpferd »Zeit« anbetrifft, so ist eines gewiß: Die Zeit ist der geheimnisvollste und wichtigste Begriff unseres Universums.
Die Zeit offenbart sich gleichzeitig überall. Sie pflanzt sich nicht als Welle fort und sie eint alle Erscheinungen des Kosmos.
Den Lauf der Zeiten stellen wir uns nur in einer Richtung vor: von der Vergangenheit in die Zukunft.
Wir können die Zeit nur messen, wenn die Gegenwart zur Vergangenheit wird. Das »Jetzt« ist unmeßbar.
Im ewigen »Jetzt« leben, hieße die Zeit meistern, also ihrem Druck

entgehen. Wenn es sich um einen Druck handelt, handelt es sich um eine Energie, und wenn diese Energie die »Materia Prima« des großen Werkes wäre, würde ihr Druck alle Formen, die die Natur offenbart, hervorbringen, also die Dynamik des Lebens übermitteln.

Physiker der Gegenwart sind einer Auffassung, die dieser Annahme entspricht. Sie behaupten, daß die Zeit die »ursächliche Struktur aller Energieerscheinungen sei«, und erklären, daß diese Behauptung sehr bald wissenschaftlich bewiesen werden könne.

Die moderne Physik ist auch von der Rückläufigkeit aller Phänomene überzeugt. Demnach müßte der Lauf der Zeit auch in eine entgegengesetzte Richtung, also von Morgen auf Gestern, denkbar sein.

»Reine Fiktion«, könnte man ausrufen; die moderne Wissenschaft schüttelt den Kopf. Ein Antiuniversum ist nicht ausgeschlossen, behauptet sie.

Antipartikel mit kürzester Lebensdauer können erzeugt werden, wenn sie sich auch im Zusammenprall mit Partikeln unseres Universums sofort auflösen.

Wenn die Erscheinungen des Universums in ihrer Gesamtheit der psychologischen, also rein irdischen Zeitmessung, entgehen, also im kosmischen Jetzt stattfinden, wenn sie Wahrscheinlichkeitswellen ausstrahlen, die im Ineinanderwirken aller Energien, das Morgen im Keim enthalten, — und dies ist eine von Physikern ausgesprochene Voraussetzung — dann erklären sich, dank einer besonderen Feinfühligkeit gewisser Menschen, deren Neutronen an solche Wellen anklingen, sowohl die Phänomene der Parapsychologie sowie alle Prophezeiungen.
Unser Universum ist Bewegung. Bewegung wird durch Zeit gemessen und Zeit durch Bewegung.
Bewegung ist nur räumlich denkbar, und somit ist das Raum-Zeitliche an eine Bewegung gebunden, deren Rhythmus wir unterworfen sind. Dies ist die Ursache des psychologischen Zeitbegriffes, der sich bei ändernder Bewegung ändert.

Dem Druck der Zeit entgehen heißt, sich einem Bewußtsein öffnen, dank welchem eine überzeitliche ewige Gegenwart als Harmonie einer übersinnlichen Ordnung empfunden wird.

Dem ewigen Jetzt erscheinen Tod und Geburt nur als Etappen des nie endenden Lebens, und Altern ist demnach nur ein rein physiologischer Vorgang, dem erwachten Bewußtsein fremd. »Utopie« meinen Skeptiker. Sie sollten die Schlußfolgerung der Relativitätstheorie überdenken, die ebenfalls utopisch erscheint. —

Der bekannten Einstein-Formel zufolge hat ein Partikel eines kosmischen Lichtstrahles, das in der Geschwindigkeit des Lichtes die unendlichen Weiten des Kosmos durchquert, keine Masse. Es ist demnach der Zeit nicht unterstellt und altert nicht. So trifft ein Lichtpartikel unser Auge, das vor einer Milliarde Jahre einen Stern der Milchstraße verließ, und doch ist für dieses Partikel Abreise und Ankunft simultan.

Unsere Psychologie kann dies nur schwer annehmen. Nun liegt in dieser Annahme eine Vision der Transzendenz, eine Vision, die die Vergangenheit von einer Milliarde Jahre in eine Gegenwart des Partikels umwandelt.
Durch eine derartige Vision einer dem Kosmos innewohnenden Logik, die unsere Vorstellungskraft übersteigt, offenbart sich über einer rein physikalischen Formel des Genius des Menschen, der sie intuitiv erfaßte und sich 25 Jahre bemühte, sie mathematisch zu beweisen.
Die Worte Einsteins bestätigen eine Vision des Universums, die weit über die wissenschaftliche Beobachtung hinausreicht.

Sie lauten: »Die schönste und tiefste Gemütsbewegung, die wir empfinden können, ist die mystische. Sie ist der Keim aller Wissenschaften. Derjenige, dem diese Gemütsbewegung fremd ist, der nicht in der Lage ist, sich zu wundern oder Ehrfurcht zu empfinden, ist, als ob er tot wäre.« Die mystische Gemütsbewegung befreit die aus dem tief Innersten quellenden Energien. Desgleichen führt die Entdeckung des Steines der Weisen zu einer fundamentalen Umwandlung der psychologischen Einstellung, die ihrerseits eine psychische Transparenz nach sich zieht. Ein Bewußtseinszustand jenseits einer durch falsche Begriffe begrenzten Auffassung eröffnet die Vision einer Welt, in der die Harmonie, die eine Hypostase der Liebe ist, scheint und strahlt. —

Hellhörigkeit ist die natürliche Folgeerscheinung des erwachten Bewußtseins.
Man erlebt sich neu. Und in dieser initiatischen Wiedergeburt streift der neue Mensch die undurchsichtigen Hüllen des alten Menschen ab.

Alles Zeitliche birgt in sich die Vorstellung der unabänderlichen Vernichtung und verursacht Angst. Das unzeitliche Bewußtsein, schwingend im lebendigen Rhythmus der ewigen Bewegung des Lebens und seiner Ordnung, ermöglicht die schöpferische Tätigkeit auf der gewählten Ebene des Daseins und vermittelt die Schaffensfreude, die sich im Vollgefühl der Erfüllung seines Schicksals offenbart.
Den Tod des alten Menschen nicht nur annehmen, sondern vorbereiten, soll als ein sich Loslösen verstanden werden von allem, was wichtig erschien, ohne wichtig zu sein.

In der Erfüllung seines Schicksals, im Auflösen aller Trugbilder der Sinneswelt, an denen man hängt, weil sie befriedigen, überschreitet man die Schwelle, die von einem Bewußtseinszustand zu einem anderen führt.

Es soll jedoch nicht behauptet werden, daß das Überschreiten einer Schwelle, auch wenn es sich um eine wesentliche Umwandlung handelt, die symbolische Bedeutung des Steins der Weisen erschöpft.

Glaubwürdigen Berichten zufolge soll der Besitz des Steines rein physische Umwandlungen ermöglichen. Daß viele Scharlatane Leichtgläubige betrogen, erklärt sich durch die Anziehungskraft des Goldes, das die vorgaben, verfertigen zu können. Für den wahren Alchemisten war Gold nur das Sinnbild einer zu erreichenden Vollkommenheit. Der »Tabula Smaragdina« zufolge nahm er jedoch an, daß

Umwandlungen vom erwachten Menschen im Verständnis der Naturgesetze nachgeahmt werden könnten, denn wenn die Natur sich selbst auf allen Ebenen gleicht, muß eine psychologische Umwandlung mit einer physischen vergleichbar sein.

Es müßte also möglich sein, urteilte der Alchemist, einzugreifen in die spezifische Dynamik eines Elements um sie, modern ausgedrückt, auf eine neue Schwingungsfrequenz zu bringen. Dies würde eine Umwandlung eines Elements in ein anderes zur Folge haben, eine Umwandlung, die die Natur immer wieder verwirklicht.

So legen Hühner, deren künstliche Nahrung keinerlei Kalzium enthält, Eier, deren Schalen kalziumreich sind. Der zur Umwandlung notwendige Energieaufwand scheint klein zu sein und man kann nur vermuten, wie das Tier dies bewerkstelligt.

Die Atomindustrie ermöglicht Umwandlungen eines Elementes in ein anderes mit riesigem Energieaufwand. Nun kann man einen Geldschrank mit Sprengstoff öffnen, aber klüger ist es, die Kombination des Schlosses herauszufinden.
Umwandlungen eines Elements in ein anderes ist ein Geheimnis der Natur, dürfte jedoch zumindest einigen Eingeweihten bekannt gewesen sein, die das Geheimnis hüteten und nur an ausgewählte Schüler weitergaben.
Der Stein der Weisen enthält den Schlüssel, der die Arkane des Mysteriums erschließt.

Ihn entdecken, um in schöpferischer Bereitschaft mitzuwirken am großen Werk der Natur, mitzuhelfen, alles Bestehende der Vollkommenheit zuzuführen, offenbart die innere Reife.

Im Verständnis der Weltordnung handeln heißt, der Weisheit den Vorrang geben; nur durch sie kann der zum Bewußtsein erwachte Mensch das verborgene Walten des Lebens in den Tiefen der Natur erkennen und dementsprechend auf richtige Weise handeln in der Welt.

Alle Zellen des Körpers schwingen sodann im Rhythmus der kosmischen Harmonie. Die nie endende Gegenwart ersetzt den Begriff der Zeit.
Treu seinem innersten Wesen, ist man in der Lage, auf der unsichtbaren Klaviatur, der die Natur gehorcht, mitzuspielen, und in der vollen Erkenntnis seiner menschlichen Verantwortung die Fäden seines eigenen Schicksals zu spinnen, das sich harmonisch in das Weltschicksal eingliedert.

»Stein, auf diesem Stein will ich meine Kirche erbauen«, sprach Jesus zu Simon dem Fischer, »denn von jetzt ab heißt du Cephas«, und Cephas ist auf griechisch Stein.
Cephas-Petrus erhielt von Jesus zwei Schlüssel, welche die Tür zum Paradies auf Erden und im Himmel öffnen. Einer dieser Schlüssel ist vielleicht der Stein der Weisen. In Gold und Silber schmücken beide bis auf den heutigen Tag das päpstliche Wappen.

Vom Quader der raum-zeitlichen Welt zur Spitze der Pyramide, einem steingemeißelten Sinnbild der kosmischen Ordnung, führt der Weg zum Stein der Weisen, führt der Weg zum »Sein«. —

Beschreiten wir ihn!

VI

DIE PYRAMIDE, SINNBILD EINER LEBENDEN GEOMETRIE

»Behaupte nicht zu wissen, was Du nicht weißt.«
Pythagoras

Alles Bestehende spiegelt eine der kosmischen Bewegung innewohnende Logik wider, die die ineinanderwirkenden rhythmischen Beziehungen dieser Bewegung zum Ausdruck bringen. Wenn diese auf richtige Weise — wenn auch nicht der Gesamtheit — z.B. architektonisch dargestellt werden, können sie nachträglich zu Schlußfolgerungen führen, die sich als richtig erweisen, auch wenn sie von den ursprünglichen Erbauern nicht vorgesehen waren.

Alles fügt sich ineinander, denn der kosmische Plan findet seinen Ausdruck überall. Er verbindet den Makrokosmos mit dem Mikrokosmos, die Welt des unendlich Großen mit der Welt des unendlich Kleinen, und eine jede Parzelle spiegelt das Ganze dieses Planes wider.

Diesen Plan müssen die Erbauer der Pyramiden zumindest teilweise gekannt haben, denn diese Bauwerke sind mehr als nur Grabstätten. Mag sein, daß einzelne Pyramiden nicht als Grabstätten errichtet wurden, obwohl solche Denkmäler, höchsten Eingeweihten, also Pharaonen, gewidmet, sowohl als Einweihungs- wie auch als Beerdigungsstätten hätten dienen können, um Ausgewählte in die Geheimgesetze der Natur, welche die Priesterkaste als höchstes Gut bewahrte, einzuführen.

Der Streit der Pyramidologen und der Ägyptologen ist eigentlich ein müßiger.
Die einen behaupten, daß jeder Umriß und jedes Maß der Pyra-

miden eine wesentliche Bedeutung hätte, denn sie übermittelten mathematische, astrologische und physische Größen.
Die anderen wollen nur archäologisch erweisbare Tatsachen in Betracht ziehen und verweigern jedwede Auslegung, die diese Tatsachen überschreiten.

Es ist allerdings schwer anzunehmen, daß Tausende von Kubikmetern von Steinen, durch uns unbekannte Techniken in große Höhen gehißt und mit unglaublicher Sorgfalt zusammengefügt, nur dazu hätten dienen sollen, einen König zu ehren, sei er auch ein Pharao.

Die Verschmelzung beider Gesichtspunkte führt zur Auffassung, daß ein pyramidales Denkmal gleichzeitig Sinnbild der dynamischen Gesetze der kosmischen Bewegung sein kann, wie auch eine Grabstätte, in welcher der Pharao in seinem letzten Schlaf, im Herzen des Steines, sich mit dem göttlichen Gesetze eint. —

Thot Hermes nannte die Spitze der Pyramide das »Wort«, das alles Bestehende regiert.
Das »Wort«, Ausdruck der kosmischen Ordnung, veranschaulicht die Weisheit der höchsten Intelligenz in der raum-zeitlichen Welt.

Die Pyramide wäre somit das steinerne Sinnbild des »Wortes«, sein »Gnomon«. Gnomon ist ein griechischer Ausdruck und bezeichnet eine Sonnenuhr. Bekannt seit alters her, enthält die Etymologie des Wortes den Sinn einer Beziehung.
So ist es möglich, die Beziehung zu entdecken, die den Schatten eines Stabes auf einer Scheibe mit der Bewegung der Sonne verbindet.
Die Bewegung der Sonne führt zum Wechsel der Jahreszeiten, und der Wechsel der Jahreszeiten zur Umdrehung der Erde um die Sonne und so weiter.

Wenn die Pyramide ein Gnomon ist, müßten die Beziehungen der kosmischen Bewegung, Ausdruck des Wortes, auf den verschiedensten Ebenen in ihrer Botschaft erkennbar sein.

Gott schöpft als Geometer, behauptet eine uralte griechische Tradition.

Die Welt der Formen, von der Natur in Überfülle hervorgebracht, kann als eine lebendige Geometrie angesehen werden, die bemüht ist, den ihr zur Verfügung stehenden Raum auf das Vollkommmenste auszufüllen.

Die lebendige Geometrie wie auch die metaphysische Mathematik, die sie darstellt, bildet die Plattform der Philosophie der Zahlen, die Pythagoras in Europa einführte.
Es handelt sich jeweils um Zahlen-Sinnbilder, die die Beziehungen verständlich machen, die das Gesetz der kosmischen Bewegung mit ihrem sichtbaren Ausdruck verbindet. Es scheint gewiß, daß die Maße der Pyramiden astronomische Größen offenbaren.
So ist zum Beispiel die von den Baumeistern angewandte »königliche Elle« genau der sechste Teil von »Pi« im Metermaß. Da ein Meter der vierzigmillionste Teil des Erdumfanges ist, könnte man folgerichtig behaupten, daß die Ägypter die Kugelform der Erde kannten.

»Pi« ist die Größe, die das Errechnen des Umfanges eines Kreises durch seinen Durchmesser ermöglicht.

Der Radius, also der halbe Durchmesser eines Kreises, ist das Maß, das ihn genau in sechs Sektoren teilt, und diese harmonische, sich sozusagen selbstergebende Teilung erklärt, warum sechs das Symbol der kosmischen Harmonie ist, da der Kreis das Universum versinnbildlicht. —

Die Verwendung des rechteckigen und auch des sogenannten heiligen Dreieckes im Aufriß des Bauwerks übermittelt den Begriff des Ebenmaßes sowie die vollkommenste Beziehung zweier Größen zueinander, bekannt als goldener Schritt.
Dieses Verhältnis wird auch Zahl der höchsten Vernunft genannt, nicht zuletzt, weil die Natur es stets bevorzugt.

Am Erstaunlichsten ist die genaue Ausrichtung der Cheops-Pyramide, die haarscharf auf die vier Himmelsrichtungen orientiert ist.

Die Frage, wie die Baumeister eine solche Präzision zustande brachten, und welche Anhaltspunkte sie leiteten, bleibt unbeantwortet.

Heutzutage trifft es zu, daß er Stern Alpha des kleinen Bären den genauen Norden anzeigt, jedoch ändert sich im stetigen Vorrücken der Nachtgleichen die Erdachse.

Das Sonnensystem bewegt sich entlang des Zodiakkreises, um in 25920 Jahren wieder an seinen Ausgangspunkt zurückzukehren.

Diese Zeitspanne nannte Pythagoras das kosmische Jahr des Zyklus der Ewigkeit.

In seiner Bewegung durchläuft das Sonnensystem in 72 Jahren einen Grad des Zodiakkreises. Dies erfordert eine jeweilige Berichtigung aller astronomischen Angaben, um eine genaue Ausrichtung der irdischen Bauten zu ermöglichen.

Es ist somit notwendig, periodisch einen neuen Stern zur Würde des Polarsternes zu erheben. Der Polarstern erweckt den Eindruck eines Fixsterns, um den sich das Firmament zu drehen scheint.

Dreitausend Jahre vor unserem Zeitalter war der Stern Alpha im Sternbild des Drachens der Polarstern.
Die Ausrichtung der Pyramide konnte demnach nur so genau eingehalten werden, wenn ihre Erbauer diesen Stern kannten.

Sie kannten ihn, verschiedene Dokumente bezeugen es. Es ist gewiß, daß die astronomische Wissenschaft dieser Epoche sehr weit fortgeschritten war, denn eine dauernde Berichtigung der Sternenbahnen ist nur im Rahmen einer weitläufigen Kenntnis denkbar.

Wenn man die Höhe der großen Pyramiden mit einer Milliarde multipliziert, ergibt sich die Entfernung der Erde zur Sonne. Wenn man den Pyramidenzoll, Teil der »königlichen Elle«, mit hundert Milliarden multipliziert, ergibt sich die Länge der von der Erde in einem Tag durchlaufenen Bahn.

Wie schon erwähnt, führt der richtige Ausdruck der kosmischen Harmonie auf einer Ebene zu Schlußfolgerungen, denen eine innewohnende Logik auf anderen Ebenen Ausdruck verleiht.

Es ist aber ratsam, nicht allzuviele Schlußfolgerungen zu ziehen, denn eine einzige, die sich als falsch erweist, vermindert die Glaubwürdigkeit aller. —

So wurde versucht, historische Zeitrechnungen aus der Neigung der Wandelgänge und den Maßen des Sarkophages in der Königskammer zu ermitteln. Obwohl historische Ereignisse prophetisch vorhersehbar sind, zumindest in gewisser Hinsicht, sollte uns die Meisterschaft der Erbauer allein genügen, uns in Erstaunen zu setzen.

Da Gott als Geometer schöpft, bilden die geometrischen Figuren der Pyramide den Schlüssel, welcher zur Entzifferung der in den Stein gemeißelten Botschaften notwendig ist.

Der hermetischen Geheimwissenschaft zufolge gehorchen alle im Kosmos pulsierenden Energien einem einzigen Gesetz, das sich als »oben wie unten« und »unten wie oben« auswirkt.
Dieses Gesetz zu veranschaulichen, ist der Sinn der esoterischen Geometrie wie auch der metaphysischen Mathematik.

Wenn die Pyramide ein Gnomon ist, das den allumfassenden Rhythmus der kosmischen Energien widerspiegelt, sind seine geometrischen Figuren Sinnbilder.

Vier dreieckige Flächen führen vom Fundament zur gemeinsamen Spitze.

Das Dreieck ist die erste geometrisch mögliche Fläche. Gleichzeitig versinnbildlicht es die Dreifaltigkeit, Ausdruck der höchsten Intelligenz.

Der alchemistischen Bildschrift zufolge ist das Dreieck mit der Spitze nach oben das Symbol des Feuers. Das Feuer versinnbildlicht den

den Geist, der alles Lebende beseelt. Das Feuer des Himmels erschreckt, das Feuer des Geistes erhebt, das Feuer des Herzens erquickt, das Feuer des Rituals leitet.

Die gnostische Tradition, die sich auf die hermetische stützt, nennt ein Dreieck, dessen Winkel an der Spitze 36 Grad beträgt, und dessen andere Winkel je 72 Grad betragen, das »erhabene« Dreieck.
Das Warum dieser Benennung kann erkannt werden, wenn man sich entsinnt, daß das Sonnensystem in seiner Bahn entlang des Zodiakkreises 72 Jahre braucht, um einen Grad fortzuschreiten. 36 ist die Hälfte von 72. 36 mißt der Umfang eines Quadrates mit einer Seitenlänge von 9.
Neun ist die Zahl der schöpferischen Vollendung.
Wenn 36 mit 10 multipliziert wird, ergeben sich die 360 Grad des Kreises, Symbol des Universums, aber auch der Ewigkeit.
Nun ist 10 die Zahl der Vollkommenheit, und 360 sind die Tage des Mondjahres. Der Mond ist mit dem Rhythmus der irdischen Dinge engstens verbunden und versinnbildlicht das Ewig-Weibliche in allen seinen Schattierungen.
72 und 36 ergeben 108, eine mysteriöse Zahl, die wir im buddhistischen Rosenkranz wiederfinden, der 108 Perlen zählt. 108 ist auch die Geheimzahl der Sonne, und laut der Geheimwissenschaft führt sie zur Pforte des Tempels, also zur Erkenntnis. —

Die Philosophie der Zahlen soll nur angedeutet werden, um ein allgemeines Verständnis zu erleichtern, denn sie kann in Kürze nicht dargelegt werden.

Die Zahlen 36, 72 und 108 können durch das als Theosophische Reduzierung [Quersumme] bekannte Verfahren auf neun vereinfacht werden, denn 3 plus 6 und 7 plus 2 und 1 plus 8 ergeben neun, und neun ist, wie gesagt, die Zahl der Vollendung einer Aufgabe.

Für die esoterische Geometrie ist das Quadrat der Rahmen der raumzeitlichen Welt und der Kreis das Symbol sowohl des Universums als auch der Ewigkeit. Die Beziehungen des Quadrates zum Kreis und des Kreises zum Quadrat veranschaulicht den Kreislauf der ewigen Wiederkehr.

Die Spitze der Pyramide ist der Schlußstein des Bauwerkes und der Knotenpunkt, in dem seine vier dreieckigen Flächen sich vereinen.
Deswegen ist dieser Knotenpunkt das Sinnbild des »Wortes«, dem alles Bestehende untersteht.

Jeder Punkt kann sich zum Kreis ausweiten. Dieser ist in der Pyramide nur unsichtbar eingezeichnet. Ein Kreis, der als Durchmesser die Höhe der Pyramide hätte, würde einen Umfang haben, der der Hälfte des Quadrates des Fundamentes entspräche.
Es ist dies die pyramidale Weise, Pi geometrisch darzustellen. Pi ist mehr als eine mathematische Formel. Pi beleuchtet die Beziehung der Mitte zum Umfang, eine Beziehung, die das Innen mit dem Außen verbindet. Der Knotenpunkt, in dem sich die vier dreieckigen Flächen der Pyramide einen, versinnbildlicht den Aufstieg zur Vollkommenheit, der nur über die Erforschung der raumzeitlichen Welt unternommen werden kann, eine Welt der vier Himmelsrichtungen, in welcher die Dualität wirkt, die sich in der Harmonie, symbolisch der Spitze, auflöst. —

Das gleichseitige Dreieck soll diese Harmonie veranschaulichen, weil es als Symbol völliger Ausgeglichenheit angesehen werden kann. Jeder sollte diese Ausgeglichenheit in sich verwirklichen, um alles Gegensätzliche im Verständnis der »Unreinheit« zu überbrücken.

Nun kann eingewendet werden, daß die große Pyramide, die vornehmlich als initiatisches Bauwerk angesehen wird, abgestumpft ist und keine Spitze hat.
Es handelt sich nicht um eine durch die Zeit hervorgerufene Verstümmelung, auch nicht um eine Plattform, ähnlich denen der mexikanischen Pyramiden, die dem Gottesdienste geweiht waren und zu denen Stufen führen.

Wenn man die Spitze herstellen wollte, müßte es eine Miniaturpyramide sein, deren Höhe ungefähr sieben Meter und deren Breite etwa zwölf Meter betrüge.

Gar manche Theorien wurden aufgestellt, um in diesen Zahlen Antworten auf das Warum der fehlenden Spitze zu entdecken.
Man muß ihren Autoren die Verantwortung solcher Theorien überlassen. Man könnte jedoch in der fehlenden Spitze das Symbol der erleuchtenden und läuternden Kräfte sehen, in einem Wort, das Symbol des Steines dser Weisen.
Eine Tarnkappe schützt ihn vor den Blicken Voreiliger. Er ist unsichtbar dem physischen Auge, aber kann vom inneren Auge erschaut werden.

Die geometrische Vision eines metaphysischen Aufstieges in die höchsten Regionen der menschlichen Reife könnte die Botschaft sein, die die Pyramide übermittelt und zwar nicht nur die ägyptische, sondern auch die des neuen Kontinents, die mexikanische.

Man kann sich mit Recht wundern, wer die Erbauer der mexikanischen Pyramiden waren.
Wer unterwies und belehrte ein Volk, dessen Kalender der vollkommenste der Erde ist, und dessen Zivilisation der Ägyptens und Griechenlands ähnelt?

Maya-Legenden sprechen von weißhäutigen Weisen, welche bärtig waren und aus dem Osten kamen. Pizzaro wurde als Halbgott empfangen, als er mit seiner Kriegsschar landete, denn man glaubte, in ihm einen dieser Weisen zu sehen.

Im Osten Mexikos liegt Afrika. Das Erblühen der Maya-Zivilisation erfolgte ungefähr zur Zeit des Pythagoras, 500 Jahre vor Christi Geburt.

Nun hatten die Pharaonen zu dieser Zeit phönizische Seeleute in ihrer Marine. Die phönizischen Schiffe waren schon damals bedeutend größer als die »Santa Maria« des Christoph Columbus.
Ein Handel zwischen den Völkern diesseits und jenseits des Atlantik ist durchaus glaubwürdig.

Die Annalen der Cakchiquels, eines Maya-Volksstammes, erwähnen ihn. Ein Stein mit einer alt-phönizischen Aufschrift wurde in Brasilien gefunden. Man hat behauptet, es handle sich um eine Fälschung; dies scheint ausgeschlossen, denn die alt-phönizischen Schriftzeichen wurden erst lange nach dem Fund entziffert.

Auf einer kleinen Insel, la Venta, wenig entfernt vom mexikanischen Festland, wurden große in Stein gemeißelte Köpfe entdeckt, deren Gesichtszüge negerhafte, semitische und indoeuropäische Merkmale aufweisen.
Daß die Phönizier kühne Seeleute waren, ist bekannt, und daß Rassentypen des Mittelmeerraumes auf ihren Schiffen dienten, ist unzweifelhaft.

Der Pharao Nechott organisierte eine Meeresexpedition rund um Afrika, um sich zu vergewissern, daß der Kontinent vom Wasser umspült sei.
Ob die Phönizier weißhäutig waren, bleibt dahingestellt, ist aber nicht undenkbar. Sie könnten die Mutterrasse des indo-europäischen Volkes gewesen sein, denen die Kelten angehörten.

Karthago war ein bedeutendes Welthandelszentrum. Ob die damalige Welt bis nach Amerika reichte, ist zwar nicht erwiesen, aber keinesfalls auszuschließen.

Wie dem auch sei, es ist unbestreitbar, daß die Mayazivilisation sich auf die Zahlenphilosophie Pythagoras' und ihre Symbole stützte.

Als Cortez die Azteken-Hauptstadt besuchte, wurde ihm mitgeteilt, daß der auf der obersten Plattform errichtete Tempel »Theocalli« genannt sei, was auf griechisch Tempel der Götter besagt.
Andere Zeichen weisen in dieselbe Richtung. Eines der Hauptsymbole des »großen Werkes der Natur« war laut der pythagoräischen Überlieferung der fünfzackige Stern, das Pentagramm, Symbol der Spiegelung des Makrokosmos im Mikrokosmos. Fünf ist laut derselben Überlieferung die Symbolzahl des Menschen. Die Hände waage-

recht ausgestreckt und die Beine leicht gespreizt, fügt sich der menschliche Körper in den Fünfstern ein.

Der Kopf in der Spitze beherrscht die vier Glieder, Sinnbild des Geistes, dem die vier Urelemente untergeordnet sind.

Nun sind neun Pentagramme im Aztekenkalenderstein deutlich erkennbar. Neun ist also auch hier die Zahl der schöpferischen Vollendung und im übertragenen Sinn der allumfassenden divinen Weisheit.

Neun Musen verkörpern in Griechenland das Gesamtwissen der Menschheit, neun Kreise bilden die Vorstufen zum Paradies Dantes, die neuntägige Andacht ist ein religiöser Abschluß, neun Etappen, sagt die aztekische Tradition, muß man durchschreiten, um zum ewigen Frieden zu gelangen, neun Getränke verleihen Unsterblichkeit, und die Sonne bewegt sich in neun Himmeln, fügt dieselbe Überlieferung hinzu.

Neun versinnbildlicht laut dem Popol-Vuh, dem Heiligen Buch der Quiche-Maya, die göttlichen Energien. Die erste ist die des Schöpfers, die neunte die des vollzogenen Mysteriums.

In der Maya-Vorstellung ist die Bewegung des Universums einem Tanz vergleichbar, den ein göttlicher Mathematiker dirigiert.
Diese Metaphysik der Zahlen soll Kukulkan, ein göttlicher Unterweiser übermittelt haben. Ob er weißhäutig und bärtig war, ist nicht nachweisbar.
Seine Lehren sollen die genaue Errechnung des Venuskalenders ermöglicht haben.
Venus ist der Morgen- und Abendstern des Abendlandes. Er verbildlicht die nie endende Folge der Tage und Nächte, der Jahreszeiten und der »Sonnenzyklen«.
Die Botschaft der Pyramiden lebt im Maya-Volk bis auf den heutigen Tag fort. Gott ist Licht, Ordnung und Liebe, hieß es und heißt es noch.

Alle religiösen Prozessionen werden mit Flöten und Trommeln skandiert, und zwar im Rhythmus einer mystischen Klangfolge, die den neun göttlichen Energien entspricht.

Der Maya-Kalender beträgt 360 Tage, die in 18 Monate und 72 Wochen aufgeteilt sind. Die übrigbleibenden fünf Tage sind die vom Menschen dem Gott gewidmeten.

Ob eine Pyramide ein Grabmal, ein Einweihungstempel oder beides ist, sind Fragen, die jeder sich selbst beantworten muß. Wenn in den Pyramiden eine Geheimwissenschaft verborgen wurde, ist ihre Spitze, ob sichtbar oder unsichtbar, der Knotenpunkt, in welchem zwei Welten sich treffen, die rational-logische und die magische, die des Geistes und die der Sinne.
Der Pyramidale Aufstieg führt zu einer wesentlichen Umwandlung, also zur inneren Reife.

Ihr Ausdruck muß der jeweiligen Epoche angepaßt sein; man könnte ihn »Humanismus im Rhythmus der Zeit« nennen, verstanden im Sinne einer Verantwortung, welche sich — bewußt der Vielfältigkeit des menschlichen Auftrags — in und durch sein schöpferisches Handeln auswirkt.

VII

EIN GESANG DER SIRENE

»So wie die Wahrheit hat auch der Irrtum seine Anbeter«.

Pythagoras

Mit dem Ende des 20. Jahrhunderts naht sich der Übergang vom zweiten ins dritte Jahrtausend. Ein beklemmendes Gefühl der Angst macht sich in der Welt bemerkbar, denn allzu viele ungelöste Probleme stehen dem Menschen gegenüber.

Uralte Prophezeihungen werden ausgegraben und ausgelegt. Man fürchtet die Jahrtausendwende, und beunruhigende wissenschaftlich fundierte Beobachtungen scheinen den Untergang einer Zivilisation anzudeuten.

Hinter dem Glitzern einer trügerischen Fassade, die das Abendland kennzeichnet, ist der Mensch nicht glücklich. Er will schnell und ganz die Lustbarkeiten des Lebens genießen, Vermögen und Güter besitzen, mächtig werden. Erfolg ist sein Ziel, obwohl neuerdings die aufwachsende Generation mehr und mehr ein anderes Ziel anstrebt. Die Zerstörung des natürlichen Gleichgewichts der Natur, die zu rasche Ausbeutung der Schätze der Erde, die Erschöpfung der Energiequellen und die Verwüstung der Erdoberfläche werden sorgenvoll wahrgenommen.

Die Welt, die die Atombombe verfertigte, ist dem Sturme nicht gewachsen, den ihre Technik zu entfesseln droht. Vogel-Strauß-Politik zeitigt kein Resultat, wird aber allerorts geübt.
Chaotische Zustände könnten zu einem offenen Konflikt führen zwischen dem Süden und Norden, Osten und Westen.

Auf astrologischer Ebene scheint sich ein Wendepunkt abzuzeichnen: Das Sonnensystem nähert sich in seinem Vorrücken der Nachtgleichen dem Tierbild des Wassermannes im Zodiakkreis. Dies soll zu einer Periode der göttlichen Gerechtigkeit führen, auf welche die Menschheit sich vorbereiten sollte.
Es hängt jedoch von ihrer Erkenntnis ab, ob ein Atomfeuer sie vernichten wird, denn nur im Erkennen und im Auflösen der Ursachen, die diesen chaotischen Zustand hervorrufen, liegt die Lösung der menschlichen Problematik. Die Ursachen sind zwar offensichtlich, aber der Wille, sie zu erkennen und dadurch sie aufzulösen, fehlt.
Im Gegenteil, die Begierde, immer mehr zu besitzen, wächst im Tempo der Entfachung und der Vervielfältigung der Wünsche einer Konsumzivilisation. Die angeblichen Lustbarkeiten der Großstadt ziehen an. Entwurzelt und entfremdet schlendert man in den überfüllten Straßen umher und leidet inmitten der Menge an Verlassenheit. Vereinsamt, Mitglied einer namenlosen Gesellschaft, unterliegt der Mensch psychischen Störungen. Er sucht umsonst brüderliche Wärme und betäubt sich, wo und wie er kann.
Er schließt sich der Masse an, öffnet sich entwürdigenden Einflüssen, er heult mit den Wölfen, wird gewalttätig und glaubt, in der Sexualität einen Ersatz für Erotik und in beiden einen Ersatz für wahre Liebe zu finden.

Alkoholismus und Drogen sind die Früchte seiner angeblichen Freiheit, die nicht anderes ist, als ein Verstoß gegen die Gesetze des Lebens.

Die Ära der Technik singt das bezaubernde Lied der Sirene, deren Gesang betört.

Homer erzählt, wie Circe, die Magierin, die von ihr angelockten Menschen in Schweine verwandelte.
Erst als Odysseus Circes Liebe gewann, nahmen seine Kameraden wieder menschliche Gestalt an. Die Ära der Technik verwandelt die Menschen, wenn nicht gerade in Schweine, so doch in Automaten und Roboter, die, von Technokraten gelenkt, ihr individuelles Den-

ken aufgeben, ihre Verantwortung vergessen und in der Hast, schnell und voll die Wonnen dieser Erde zu genießen, sich dem Glück verschließen, das nur in Wahrheit und Freiheit empfunden werden kann.

Ein Humanismus im Takt unserer Zeit muß sich zwar dem Geiste des Fortschritts öffnen, soll jedoch den Menschen veranlassen, die Technik nur als Hilfe auf dem Weg zur inneren Reife anzusehen.

Die durch die Wissenschaft errungene Macht sollte der Weisheit unterstellt werden, um die Probleme der Jetztzeit zu lösen.

Der Mensch ist kein Roboter, sondern ein lebendes Individuum, und er sollte der Maßstab einer Welt sein, in die er sich harmonisch einfügt. Dies erfordert ein Verständnis der Gesetze des Lebens und entspricht somit denen der höchsten Intelligenz, an die das Bewußtsein anklingen kann, wenn man ohne Hast, furchtlos und still Einsehen übt im wahren Sinne des Wortes.

Abgeschreckt durch das Ausmaß der Probleme, mit der Entschuldigung und dem Einwand, daß eine individuelle Handlung sowieso nichts nütze, führt diese Rechtfertigung den Menschen auf Abwege. Die Probleme, denen man nicht entgehen kann, zu verschleiern, löst diese nicht.
Wenn eine Lösung erkämpft werden muß, sollte man diesen Kampf aufnehmen, falls tiefes Verstehen ihn notwendig macht.

Der geistig erwachte Mensch kennt keine Furcht; er kämpft, aber Kampf bedeutet für ihn niemals ein sich Einlassen in den Konflikt. Der Sieg als solcher ist nicht sein Ziel. Was ausgefochten werden muß, soll Ausgangspunkt werden einer harmonischen Entwicklung, an der Sieger und Besiegte gleichmäßig teilnehmen können und sollen. Tiefes Verständnis erfordert, wie schon gesagt, Ausgeglichenheit und Ruhe. Dann ist es möglich, die Welt so zu sehen, wie sie ist. Man spürt die Spannung, welche sie beherrscht, ohne von ihr erfaßt zu werden.
Um der Spannung des täglichen Daseins zu entrinnen, ist so man-

cher bereit, dem Staat einen immer größeren Einfluß zuzusprechen. Dies hat zur Folge, daß eine anonyme Organisation sich aller Hebel bemächtigt und jeden zwingt, das zu tun, was er kann oder weiß, ohne Rücksicht auf das, was er ist.
Als Objekt behandelt und nicht als Individuum, fühlt der Mensch sich in seiner Würde verletzt. Er sucht sich in verständlicher Reaktion zu behaupten und glaubt dies nur durch Macht erreichen zu können. Selber bedrängt, versucht er anderen seinen Willen aufzudrängen, und sei es mit Gewalt.
Gewalt führt zu einem Zustand, der die Menschen unmittelbar in ihrem täglichen Dasein bedroht. Sie verursacht Angst, und Angst kann ausgenützt werden.
Warum sich nicht einer mächtigen Organisation anschließen, denkt man, um so der Angst zu entgehen?
Man schließt sich an und stärkt die Organisation, die sich ausbreitet und letzten Endes allmächtig jedes und jeden beherrscht. Über kurz oder lang führt dies zu Konflikten, und wenn die Organisation sich mächtig genug fühlt und etwa eine Nation umfaßt, kommt es zum Krieg.

Politiker, Soziologen und Technokraten sind nicht in der Lage, die Probleme der Menschen ins richtige Licht zu rücken, und so Lösungen vorzuschlagen, die auch wirklich Lösungen sind. Sie widersprechen sich gegenseitig, weil jeder überzeugt ist, auf seiner Ebene die Wahrheit zu besitzen; sie wissen nicht, daß die Wahrheit, Spiegelung der Ordnung und der kosmischen Harmonie, von niemandem besessen werden kann. —

Ordnung in diesem Sinne sollte jeder menschlichen Gemeinschaft innewohnen, um die Entfaltung, die zur geistigen Reife führt, allen Mitgliedern zugänglich zu machen.
Dies ist nur denkbar, wenn alle Strukturen einer Gemeinschaft sich schmiegsam den Bewegungen des Lebens anpassen. Im jeweiligen Rhythmus der Zeit müßten diese Strukturen sich selbst stets erneuern, denn jeder verhärtete Rahmen wird über kurz oder lang von der Schwingung des Lebens gesprengt.

Verhärtete Strukturen widersetzen sich dem wesentlichen Sehnen der Menschheit. Sie verhindern die Lösung seiner immer mehr verwickelten Probleme, und so entsteht ein Gefühl der Enttäuschung, das zu einer Kluft führt, die vor allem die aufwachsende Generation von der restlichen Gemeinschaft, der sie angehört, trennt.

Eine Welt stirbt, und eine andere ist im Begriff zu erstehen. Man spricht von einem neuen Zeitalter, aber übersieht, daß das neue Zeitalter dem heutigen Verständnis oder Unverständnis seine wesentliche Form verdanken wird.
Es ist deswegen unerläßlich, alle Denkschemen umzuwandeln, um im Sinne eines wahren Humanismus Erkenntnisse zu ermöglichen, die der Erforschung des Universums, dem Studium der Probleme und dem Unterricht des Wesentlichen dienen. Die Vorbereitung des Menschen, seine Verantwortung zu erkennen und seine Aufgabe zu erfüllen, sollte der Grundsatz unserer Zivilisation werden, denn seine Verantwortung erkennen und seine Aufgaben erfüllen, entspricht dem Gesetz des Lebens. Die sich ergebende Autorität entspringt sodann dem Verständnis geistiger Natur. »Autorität« soll jedoch unter keinen Umständen mit Macht verwechselt werden.

Diejenigen, die Macht besitzen, bekleiden sich gerne mit dem Mantel der Autorität, um sich mit ihr zu brüsten. Macht stützt sich auf alle Mittel, die ihr zur Durchsetzung ihres Willens zur Verfügung stehen, während Autorität anerkannt wird, ohne aufgezwungen zu werden. —

Macht stützt sich auf die von der Wissenschaft angebotenen Möglichkeiten, Autorität auf das vom Verständnis erweiterte Bewußtsein.
Wissenschaft kann zu Trugschlüssen führen, und Macht ist vergänglich.
Autorität entspringt der unvergänglichen Weisheit, deren Wesen die Freiheit ist. Frei sein bedeutet nicht etwa, dem wissenschaftlichen Fortschritt den Rücken zu kehren, sondern ihn bewußt zum Diener der Menschheit zu machen. Wissenschaft und Weisheit sind zwei zusätzliche Faktoren einer einzigen Philosophie des Lebens, deren Ge-

schenk die tiefe Freude an der schöpferischen Handlung ist. Sie drückt die transzendentale Intelligenz aus und ist auf der gewählten Ebene der Ausdruck des Schönen, des Guten und des Wahren. Die Freude der schöpferischen Handlung empfindet sich als Glück im Erfüllen seines Schicksals.
Philosophie ist keine utopische, intellektuelle Darstellung, sondern eine Suche nach Wahrheit, eine Suche nach einer wesentlichen Offenbarung.
Philosophie schließt den Zufall aus, denn Zufall ist ein Wort, dessen Gebrauch immer wieder Unwissen vertuscht.

Dem Zufall wird die unvorhergesehene Wirkung unbekannter Kräfte zugeschrieben. Für den Philosophen entspricht Zufall der Ordnung der Dinge, auch wenn das Gesetz dieser allumfassenden Ordnung nicht erforscht ist. Zufall ist das Gesetz, das incognito wirkt.

Die Schöpfung des Universums dem Zufall oder der göttlichen Weisheit zuzuschreiben, macht letzten Endes kaum einen Unterschied, wenn man das Wort »Zufall« gegen das Wort »Gesetz« austauscht, dessen Wirken unzulänglich erforscht ist.

Philosophie soll dem Menschen ermöglichen, sich einzuleben in seine Welt, um im Einklang mit einer überdimensionalen Harmonie Umrisse neuer Zivilisationen zu ersinnen, um immer verfeinerte Möglichkeiten einer fortschreitenden Entwicklung zu schaffen.

Nur in der Erkenntnis aller Beziehungen, die den Menschen mit dem Universum einen, kann er wahre Brüderlichkeit üben, nicht als ein gewolltes Verhalten, sondern als Resultat eines Verständnisses, das sich ganz von selbst auf diese Weise äußert.

Eine neue Weltanschauung entsteht, und sie kommt einer Neugeburt gleich.
Die verhärteten Strukturen des Intellekts werden durchlässig, und das befreite Urteilsvermögen bezeugt wahre Intelligenz. Die bisherigen Ursachen der Konflikte lösen sich auf.

Falsche Verpflichtungen und falsche Vorstellungen verschwinden. Man wird sich bewußt, sie zu seiner Rechtfertigung erfunden zu haben.

Man erkennt sowohl seine eigene Widersprüchlichkeit, wie auch die der anderen Menschen.

Man versteht, daß man das Glück suchte, wo es nicht war. Leistungswille verfehlt sein Ziel, weil er das Sehnen des Wesens unterdrückt und zu einer fundamentalen Verkümmerung führt mit der Folge, daß eine Vielzahl von Menschen psychisch schwer belastet sind. Diese Belastung rührt von der Unterdrückung des Märchenhaften, des Wunderbaren, des Edlen durch eine sogenannte rationale Logik her. Sie stützt sich auf pseudointellektuelle Behauptungen, wie zum Beispiel, daß Jung oder Alt heute nicht mehr zu rechnen bräuchten, denn die Maschine könne es besser als sie, oder daß Grammatik und Orthographie Überbleibsel überholter Vorschriften und Gewohnheiten seien, oder daß Bildstreifen das Lesen vorteilhaft ersetzen.

Das Sehnen im Menschen wird auf diese Weise nicht gestillt. Soziologen, Psychologen und Politiker lenken trotz besten Gewissens den Menschen in falsche Bahnen mit dem Erfolg, daß filzige Ausbeutung der menschlichen Schwächen sich offen verbreitet, und daß Entwürdigung und Entwertung des Menschlichen mit Freiheit verwechselt wird. Verstehen und entsprechend handeln ist der wahre Ausdruck eines Humanismus im Rhythmus unserer Zeit.
Dieser erfordert Wachsamkeit. Wach sein heißt die Gesetze der Natur wahrnehmen. Jede Frucht enthält den Samen, der sie wieder hervorbringen kann. Die Menschen, irregeführt durch Eigensinn, Habgier und Machtbedürfnis, zerstören die Früchte ihres Wirkens, und man könnte fast annehmen, sie dürsteten nach einer neuen Sintflut.
Es ist an der Zeit, zu einer allumfassenden Erkenntnis des Ineinanderwirkens der Vergangenheit, der Gegenwart und der Zukunft zu kommen, um zu verstehen, daß der wahre Sinn des menschlichen Schicksals nicht ist zu verdorren, sondern zu reifen, um so den Keim einer Weiterentwicklung zu bilden.

Der initiatische Weg führt zur inneren Reife. Auf diesem gibt es so manche Wegweiser.

Einer von ihnen ist die hermetische Bildschrift.

VIII

DIE HERMETISCHE BILDSCHRIFT

>»In der Hoffnungslosigkeit unserer Lage kann man die besten Gründe finden, an die Zukunft zu glauben. Wir haben alles unternommen und nichts vernachlässigt, um sie hoffnungslos zu gestalten. Wenn unser Betragen weise gewesen wäre, angepaßt den Umständen, und wir trotzdem in der Lage wären, in der wir sind, dann würden wir in großer Gefahr sein. Da wir aber die Folgen unserer Unvernunft tragen, dürfen wir uns weder erstaunt noch besorgt zeigen.«
> Demosthenes an die Athener

Demosthenes Worte könnten auch heute angewendet werden. Somit ist es wichtiger denn je, das Wesentliche zu erkennen, um uns weise zu betragen.
Eine solche Erkenntnis kann durch ein Exerzitium erreicht werden, das man Yoga nennen könnte.
Yoga ist heute im Abendland weit verbreitet, wenn auch oftmals nur als orientalische Gymnastik. Yoga ist jedoch etwas anderes. Vom Wort her bedeutet Yoga Einigung. Über die Übung hinaus gelangt man zur Erleuchtung, zur Anheimgabe an das große All.
Die hermetischen Wissenschaften, wenn richtig verstanden, führen zu demselben Ziel. Es geht um ein Yoga, das von der mentalen Ebene aus das übermentale Verständnis anstrebt.

Marco Polo berichtet von Übungen des tantrischen Yoga, die denen der esoterischen Alchemie stark ähneln.
William Cook, ein anderer großer Reisender, behauptet, Yogis gekannt zu haben, die Kupfer in Gold verwandelten.

Im Westen wie im Osten ist der Eingeweihte derjenige, der die Geheimnisse der Natur erforscht hat. Auf dem Wege dieser Erforschung kann die hermetische Überlieferung als Wegweiser dienen, umsomehr, als die heutige Wissenschaft so manche ihrer Behauptungen bestätigt.

»Nur derjenige, der sich wirklich auf der Suche befindet, wird das finden, was er sucht«, schreibt Abt Pernetti in seinem Werk, »Sinn der Ägyptischen und Griechischen Fabeln«.

Die hermetische Bildschrift enthüllt, wenn keine Fabeln, so doch Wesentliches und kann somit den Suchenden leiten.
Allerdings muß man sich bewußt sein, daß die symbolische Bildschrift ein Bindeglied darstellt zwischen der Welt der Sinne und der Welt des Übersinnlichen, somit des Fabelhaften.
Aus dem alten Ägypten übernahmen die Griechen die Grundlagen einer höheren Zivilisation, deren Ursprung dem dreimalgroßen Thot zugeschrieben wird. Thot Hermes ist der Vater der hermetischen Wissenschaften, und somit ist »hermetisch« nicht gleichbedeutend mit »unerreichbar« oder »verschlossen«, wie man allgemein annimmt, wenn auch die Söhne Hermes, wie sich die Alchemisten nannten, ihre Erfahrung absichtlich in eine verblümte und dementsprechend schwer verständliche Sprache kleideten.

»Was verborgen ist, soll offenbar werden.« sprach Jesus. Und so ist die Zeit gekommen, nicht nur in geschlossenen Kreisen, sondern in aller Öffentlichkeit den in der hermetischen Überlieferung übermittelten Geheimnissen nachzuspüren. Sie haben seit jeher eine große Anziehungskraft auf alle großen Geister des Abendlandes ausgeübt, und wenn der heutige Mensch die Ausdauer hat, ein »Yoga« zu üben, das von einem mentalen zu einem übermentalen Verständnis führt, wird er diese Ausdauer gewiß nicht bereuen. So führen die hermetischen Wissenschaften zum Verständnis des Urgesetzes, dem die nie endende Bewegung unseres Universums gehorcht. Es handelt sich um ein Yoga, weil dieses Verständnis eine quasi-mystische Verschmelzung, also eine Vereinigung der sogenannten 2 Naturen vorsieht, eine Einung des scheinbar Gegensätzlichen. Im Bewußtsein einer überweltlichen Harmonie, deren Ausdruck ein paradiesischer Zustand ist, kann der Mensch die Erleuchtung erleben. — Die Alchemisten bezeichneten diese Verschmelzung als das Bewußtsein des im Wasser enthaltenen Feuers.

Die hermetische Bildschrift, Wegweiser des inneren Weges, soll ein Verständnis jenseits jeder Sinnestäuschung ermöglichen, ein Verständnis des Wesentlichen. Diese Aussicht zog seinerzeit und zieht heute noch Denker, Theologen, Kaiser, Könige und selbst Päpste an. Die moderne Welt staunt zu hören, daß so mancher Wissenschaftler, zum Beispiel Newton, sich in einer ganzen Anzahl von Schriften mit Alchemie befaßte und die Lehren dieser Überlieferung studierte.

Die Alchemie wird des öfteren die Wissenschaft des Baumes genannt. Diese Bezeichnung wird verständlich, wenn man sich vor Augen hält, daß es sich um eine Wissenschaft der vitalen Energien handelt, deren Wirken Stämme, Äste, Blätter und Früchte hervorruft.
Als Adam und Eva die Früchte des Baumes der Erkenntnis des Guten und des Bösen aßen, gaben sie den paradiesischen Zustand der Einheit der zwei Naturen, »der Androgyne«, auf, um die Erforschung der zweipoligen raumzeitlichen Welt zu unternehmen.
Die schönste Symphonie braucht Hörer, um wahrgenommen zu werden. So braucht das sich abrollende »Wort« Zeugen, deren Bewußtsein sich in der Erforschung des Daseins bereichert.

Alles Bestehende ist in gewissem Grade bewußt.
Im Stein bewegt sich die Atomwelt, eine Bewegung, die dem kosmischen Gesetz und demnach seiner Ordnung gehorcht. Dies kann im weitesten Sinne als Bewußtsein ausgelegt werden.

Der Mensch ist sich bewußt, Mensch zu sein. Der Stein hat kein Selbstbewußtsein. Das Bewußtsein des Menschen verleiht ihm eine besondere Verantwortung, weil jedes individuelle Bewußtsein nichts anderes ist als ein mehr oder weniger hellhöriges Anklingen an das kosmische Bewußtsein. Dieses Anklingen löst ein übermentales Ver-

ständnis aus, das man Intuition oder Eingebung nennen kann. Auch ist anzunehmen, daß dieses Anklingen dem kosmischen Bewußtsein die Quintessenz des eigenen Erlebens übermittelt, und daß in diesem Austausch eine ständige Weiterentwicklung des Gesamtbewußtseins stattfindet.
Gott erlebt sich in der von ihm erschaffenen Welt.
In den indischen Vedas wird ein auf dem Kopf stehender Baum erwähnt, um zu verbildlichen, daß seine Wurzeln ihre Kraft im Himmel schöpfen, um das Soma, das Getränk der Unsterblichkeit, zu destillieren.
Verschiedene alchemistische Bildzeichen stellen einen Baum dar, meistens eine hohle Eiche, aus der ein Quell entspringt, dessen Wasser die Toten weckt.

Die Eiche spielte eine große Rolle bei den Druiden. Ihre tiefen Wurzeln, ihr zum Himmel ragender Stamm verbildlichten die vitalen männlichen Kräfte, die, von der Erde genährt, zum Himmel streben. Ihre schützenden Äste sowie ihre Früchte versinnbildlichten den passiven weiblich befruchtenden Aspekt.
In diesem Doppelsinn steht die Eiche dem Symbol des Baumes der Erkenntnis nahe.
Sie vereinigt die schöpferischen aktiven Energien mit den fruchtbringenden passiven weiblichen, und dieser Zustand der Androgyne ist somit symbolisch ein Zustand der Vollkommenheit, welche angestrebt werden soll, um den paradiesischen Urzustand wieder zu erreichen. Er erfordert die Verschmelzung der zwei Naturen, der männlichen und der weiblichen, die nur nach vollster Erforschung beider Pole der raum-zeitlichen Welt, also auch des Guten und des Bösen, erfolgt.
Der androgyne Uradam, der sich in Adam und Eva spaltete, kann seine Einigung wieder erzielen, und diese Erkenntnis ist das Mysterium des alchemistischen Rebis, das Mysterium der Mysterien, das Geheimnis der Geheimnisse.
Riten der Beschneidung, die noch heute bei vielen Volksstämmen geübt werden, sollen es versinnbildlichen. Der erste Adam, von Gott geschaffen als sein Ebenbild, war Androgyne. Dies ist der Grund, warum dieser Zustand das »Vollkommene« ausdrückt.

Die Griechen dachten es durch Metanoia zu erreichen, eine Umwandlung, die einer Neugeburt gleichkommt.

Im Thomasevangelium heißt es:
»Wenn Ihr das Männliche und das Weibliche eint, so daß das Männliche nicht mehr männlich und das Weibliche nicht mehr weiblich ist, dann tretet ihr ins Königreich ein«.

Das alchemistische Symbol des Rebis versinnbildlicht die himmlische und irdische Ehe im Menschen, die des Schwefels und des Quecksilbers, um eine alchemistische Metapher zu benutzen.

Um jedes Mißverständnis auszuschalten, muß erwähnt werden, daß Alchemie nicht etwa nur die Wissenschaft einer möglichen Umwandlung eines Elements in ein anderes ist, auch nicht die einer nur mystischen Vergeistigung.
Sie ist vor allem eine Überlieferung, die dem Menschen ermöglicht, seine schöpferische Handlung in vollster Kenntnis der Naturgesetze dem kosmischen Plan des nie endenden Fortschrittes anzupassen.

Auf richtige Art stets wahr da zu sein in der Welt, ist der Schlüssel des irdischen Glückes, ein Schlüssel, auch See der Weisen genannt, weil in ihm der individuelle Rhythmus eines jeden mitwirkt im Rhythmus der Weltseele und ihrer Harmonie.

Man muß sich bewußt sein, daß die Naturerscheinungen, die man beobachten kann, nur dann zu einer wirklichen Erkenntnis führen, wenn man sie als Teilausdruck eines lebendigen Ganzen betrachtet.

Wenn man diesem lebendigen »Ganzen« vier Elemente zuschreibt, die es offenbaren, handelt es sich nicht um physische Elemente, sondern um geistige, die nur als unkörperliche, also unsichtbare Lebensprinzipien wirken.

Feuer versinnbildlicht das Göttliche, das Eine im Ganzen, das schöpferische männliche Prinzip.
Wasser das Weibliche, das Wirkungsvermögen.

Erde fügt den mütterlichen Aspekt hinzu, sie enthält den Samen, der dem Wirkungsvermögen Gestalt verleiht.
Luft ist ein aktives, also männliches Element, Bindeglied zwischen dem körperlichen und dem geistigen Ausdruck. Luft in diesem Sinne kann als Hauch des Lebens angesehen werden, der alles mit allem verbindet, auch als »Prinz« unserer Märchenwelt, der die in Schlaf gesunkene Prinzessin stets von neuem erweckt.
Die Bildzeichen, die diesen vier Elementen entsprechen, sind bekannt.
Ein Dreieck mit der Spitze nach oben: Feuer, mit der Spitze nach unten: Wasser, jeweils mit einem Querstrich: Luft, beziehungsweise Erde.

Das sogenannte »Siegel Salomons«, zwei zum Sechsstern ineinandergeschachtelte Dreiecke, enthält alle vier Symbole und kann als Gesamtsinnbild der hermetischen Wissenschaft angesehen werden.
Ein Siegel ist immer das Zeichen einer Autorität, aber auch des Geheimnisses. Man versiegelt ein Dokument, um es nur demjenigen zugänglich zu machen, der das Siegel erbricht. Die Apokalypse spricht von einem Buch mit sieben Siegeln.
Das Siegel Salomons läßt verschiedene Deutungen zu:
Es kann als Sinnbild der Verschmelzung der zwei Naturen angesehen werden, des Feuers und des Wassers, wie auch analog der Sonne und des Mondes, welch letzterer als passives Element das von der Sonne ausgestrahlte Licht zurückspiegelt. Es ist auch möglich, in den zwei ineinander verwobenen Dreiecken das Sinnbild der Natur zu erblicken, welche die höhere Intelligenz in ihrer Dreifaltigkeit in allem Bestehenden als Wesen, Form und Substanz kundtut.

Das Siegel Salomons, der Sechsstern, ist ein Symbol der Harmonie. In ihm scheint das Sichtbare und das Unsichtbare verwoben, um in der magischen Spiegelung des Sinnbildes das Rätsel des Lebens graphisch darzustellen.
Die zwei Naturen als Sonne und Mond spielen in der alchemistischen Überlieferung wie auch in vielen anderen eine große Rolle.
Der Mond ist das Symbol der formverleihenden Gebärmutter oder Matrize alles Bestehenden. Er empfängt die lebenspendenden Strah-

len der Sonne und kommt der passiven Substanz gleich, die der Sonnengeist belebt.
Zwischen Matrize und Matrone, zwischen Matrone und Madonna, dem italienischen Wort für heilige Jungfrau, besteht eine phonetische Verbindung.

In liturgischen Litaneien wird die heilige Jungfrau »Geistiger Kelch der Dinge des Lebens« genannt, und somit der Kelch der Ursubstanz des Heiligen Geistes, des weiblichen Aspektes der Dreieinigkeit.
In gewissen liturgischen Anrufungen wird die Jungfrau als Wurzel des Lichtes, das in der Welt strahlt, bezeichnet, somit als Wurzel aller Substanz, aller Materie.

Mater Rhea, Gottesmutter, Mutter des Zeus, kommt in der griechischen Mythologie dieser Anschauung nahe. Als Gattin des Kronos, des Gottes des Zeitlichen, eint sie das lebenspendende Element mit dem in der Zeit Gestalteten.

Sich aufschwingen von der rationalen Auffassungsebene zum intuitiven Erfassen der übermentalen, harmonischen Ordnung, führt zu einem Verständnis, das die anscheinend gegensätzliche Auslegung der Mythologie, der gnostischen Überlieferung sowie der christlichen Schriften überbrückt.

Es verbindet den Ursprung mit dem Jetzt in der fortschreitenden Bewegung des Lebens und übermittelt auf diese Weise ein Bild der Ewigkeit.

Das Bildzeichen der Sonne ist ein Kreis mit einem Punkt in der Mitte. Ein Punkt ist nichts anderes als ein Kreis in seiner höchsten Verdichtung. Er kann sich somit zum Kreise ausweiten, Symbol des Einen in Allem und Allem im Einen, Symbol des schöpferischen Prinzips, welches sich im Kreislauf der Ewigkeit offenbart.

Im Mittelmeerraum wurde dieser Kreislauf der Ewigkeit als Schlange, die sich in den Schwanz beißt, dargestellt. Eine Darstellung, Ouroboros genannt, die in der Verbindung des Kopfes und des Schwanzes der Schlange den untrennbaren Zusammenhang dessen, was keinen Anfang und kein Ende hat, anschaulich macht.

Die hermetische Wissenschaft sieht in der Sonne, die von so manchen Völkern als Gottheit angebetet wurde, nur das Lebensprizip, das geistige Licht, Symbol auch des Christus, dessen zwölf Strahlen von den zwölf Aposteln verkörpert wurden.

In der chinesischen Terminologie ist die Sonne Yin und der Mond Yang — eine Vertauschung wie im Deutschen, die des Nachdenkens wert ist.
In der gnostischen ist die Sonne der Geist und der Mond die Seele, die ihn widerspiegelt.
Gold ist das Sonnenmetall, Silber das Mondmetall.
Silbern ist der Spiegel, der das Licht empfängt und zurückwirft.
Die hermetischen Symbole sollen, wenn man sich ihrem tiefen Sinn öffnet, zu einer Erneuerung führen, zu einer fundamentalen Umwandlung. Zu einer immer größer werdenden Transparenz.—

Man wird transparent, und in der Transparenz seiner Natur ist es dem Menschen möglich, den göttlichen Funken in sich und um sich strahlen zu lassen.—

IX

DAS RÄTSEL DER QUADRATUR

»Freiheit ist das Wesen des Geistes«
Goethe

Allgemein ist man der Ansicht, die Quadratur des Kreises sei eine vergebliche, trügerische, unerreichbare und unmöglich zu verwirklichende Angelegenheit. Das Geheimnis der Quadratur des Kreises zu lösen, erscheint somit als ein verwegenes Abenteuer; um es zu bestehen, muß man die lebendige Geometrie der hermetischen Symbolwelt erkennen. Auch sollte man sich entsinnen, daß Alchemie die Wissenschaft einer Dynamik ist, deren Walten die Umbildung eines Elementes in ein anderes ermöglicht, aber ebenfalls die Wissenschaft einer noch wesentlicheren Umwandlung, welche durch Strahlung, manchmal subtilster Art, herbeigeführt wird. —

Wenn wir zutreffend behaupten, daß die Quadratur des Kreises den Übergang vom Viereck zum Kreis und vom Kreis zum Viereck geometrisch darstellt, handelt es sich selbstverständlich um die Darstellung einer sinnbildlichen Geometrie, die nur in der Innenschau in ihrer wahren Bedeutung verstanden werden kann.

Alchemie als Wissenschaft der Lebensdynamik untersucht die Gesetze der Umwandlung auf physischer Ebene.
Alchemie als Wissenschaft der vom Licht, also auch von der geistigen Strahlung hervorgerufenen Umwandlung, untersucht die Gesetze der subtilsten Energien, die im Universum walten, die den fünf physischen Sinnen entgehen.
Nur nach Auflösung der durch Gewohnheit verhärteten Denkschemen, nur durch ein dem intuitiven Verständnis durchlässiges Wahrnehmungsvermögen ist diese Untersuchung von Erfolg gekrönt.

Alsdann wird das Augenscheinliche empfunden und nicht mehr zergliedernd beobachtet. Alsdann ändert das dem Einklang der höheren Intelligenz durchlässige Wahrnehmungsvermögen mit einem Schlag alle Probleme des Daseins.
Man ist sich der Weltordnung bewußt, und jedes Tun oder Wirken wird ihr angepaßt.
Der Weltordnung entspricht die Einheit des Geistes und der Materie, zwei Pole einer einzigen Wirklichkeit. Der Rhythmus der Weltseele führt vom Unendlichen zum Begrenzten und vom Begrenzten zum Unendlichen, vom Zeitbedingten zum Zeitlosen und umgekehrt.
Die Urkraft des Lebens offenbart sich in der Gestaltung des Daseins, und das Wiederauflösen des Gestalteten führt zurück zu jener Urkraft.

Die metaphysische Geometrie ist eine graphische Darstellung der kosmischen Weltordnung, Spiegel der ewigen Weisheit, die dem schöpferischen Werden innewohnt.

Die Quadratur des Kreises ist die Hieroglyphe dieses Werdens. Das Viereck ist die geometrische Figur des raum-zeitlich Begrenzten, eine Figur, die wesentlich mit der Zahl vier zusammenhängt.

Die Welt hat vier Himmelsrichtungen, die Bibel spricht von vier Flüssen, die dem Paradies entspringen, Johannes schaut vier apokalyptische Reiter; vier Evangelisten zählt die Kirche, und vier Pforten muß der zu den Mysterien Zugelassene durchschreiten, um diese zu erforschen.
Vier ist der Rahmen, der alles, was existiert, begrenzt, und alles, was existiert, erscheint in seiner Begrenzung unzusammenhängend und getrennt vom Übrigen. Dies ist die große Illusion, von der die Asiaten sprechen.

Der der Urkraft entspringende Dynamismus eint im Rhythmus seiner Bewegung das scheinbar Getrennte, und alles, was existiert, nimmt teil an dieser Bewegung. Der Kreis veranschaulicht dies.

Im Viereck, dem geometrischen Ausdruck des raumzeitlichen Universums, in welchem das Wirkungsvermögen der höchsten Intelligenz im Ablauf der Zeit alle Formen gebiert, verbindet somit der Rhythmus das scheinbar Unzusammenhängende.

»Gott«, meint ein alter Spruch, »ist ein Kreis, dessen Zentrum überall und dessen Umfang nirgendwo ist«.
Der Kreis ist das Bildzeichen unwandelbarer Bewegung im Wandel der Zeit, das Bildzeichen der Transzendenz in der offenbarten Ewigkeit des Seins.

Um das Rätsel der Quadratur des Kreises in seinem allumfassenden Sinn zu lösen, ist es aufschlußreich, das Symbol des Quadrates mit dem des Kreuzes zu vergleichen und zwar in seiner rein hermetischen Auslegung.
Die hermetische Wissenschaft sieht im Kreuz den Schmelztiegel des großen Werkes der Natur. Das unsichtbare Feuer brennt in seiner Mitte und strahlt sein Licht in die vier Himmelsrichtungen aus. Durch diese Strahlung erfolgen die sowohl physischen wie auch die mystischen Umwandlungen, die auf verschiedenen Ebenen die Evolution der Welt bewirken.

Das Kreuz ist das Symbol einer im ständigen Werden begriffenen Welt und kann aus dieser Sicht entweder als Athanor, Schmelzofen der Alchemisten, oder Ei der Philosophen betrachtet werden, denn beide bewirken Umwandlungen, im steten Sterben und Werden.

Die Sprache der Symbole klärt auf, wenn man begreift, daß das Sinnbild als solches das Wesentliche tarnt.
Dieses offenbart sich dank der Vorstellungskraft, die zu einem neuen Bewußtsein verhilft.

Das Symbol klärt auf, aber erklärt nicht. Das Wesentliche soll empfunden werden, und in diesem Empfinden liegt das Verständnis der Geheimnisse der Natur und ihrer unerforschten Tiefen.
Das Sinnbild bringt eine im Unterbewußtsein verborgene, empfind-

liche Saite zum Schwingen, und in dieser Schwingung wird das Unaussprechliche rhythmisch erkannt und harmonisch empfunden. Rhythmus und Harmonie waren die zwei Pfeiler der antiken Weisheit. Rhythmus und Harmonie bilden das Wesen jeder Zivilisation. Ihr strahlender Glanz spiegelt die Vollkommenheit der Beziehungen wider, die den Makrokosmos mit dem Mikrokosmos verbinden.
Diese von neuem zu entdecken, also eine Philosophie wiederzubeleben, die in der Brüderlichkeit und in der Liebe das Fundament der menschlichen Entwicklung sieht, kann neue Hoffnung erwecken und das Schicksal der Menschen ändern. So könnte die älteste Überlieferung der modernen Menschheit als Plattform dienen und ihr neuen Mut einflößen. So könnte auch vermieden werden, daß sie immer wieder falschen Propheten zum Opfer falle.

Die überall gegenwärtige metaphysische Angst würde sich in eine Bereitschaft des Herzens und des Geistes verwandeln, und das Sehnen der heranwachsenden Generation könnte in neue Bahnen geleitet werden.
Man vergißt heutzutage, daß die hyperboreanische Tradition, die keltische Weisheit, die griechische Ausgeglichenheit und die ägyptisch-magischen Kenntnisse dem selben Stamm entspringen und daß ein Ast dieses Stammes die abendländische Zivilisation ist.

Rhythmus, Frequenz, Zahlen offenbaren im Reigen ihrer Bewegung die geheime Kraft der Beziehungen, die als Einklang, Wohlklang und Mißklang auf allen Ebenen des Universums das Schöne und das Gute, wie auch das Schlechte und das Böse ausdrücken.

Es ist mehr als bemerkenswert, daß die heutige Wissenschaft in der nie endenden Wiederkehr der Dinge die pythagoräische Zahlenphilosophie auf ihre Weise zu neuem Leben erweckt. Nicht als höchste Einweihungsstufe der Mysterien, sondern als Substrat des Stoffes unserer Welt.

Die Physiker behaupten, daß alle Materie aus Schnittpunkten unsichtbarer Wellen bestehe, Zahlen-Quanta eines kosmischen Bewußtseins, welches Zukunfts-Wellen ausstrahlt. Kein Metaphysiker würde eine derartige Behauptung in Abrede stellen.

Die menschliche Odyssee geht weiter. Die Fortschrittspirale belebt uralte geometrische Symbole von neuem, und selbst unsere Technik beweist, daß Harmonie der Wahrheit entspricht. Ein seinem Zweck vollkommen angepaßtes Werk wirkt schön, und Schönheit ist immer die Strahlung des Wahren.

Die Quadratur des Kreises vermittelt den beängstigenden Übergang des Bestehenden zum Formlosen, des Daseins zum wahren Leben. Beängstigend, weil die Brücke dieses Überganges der Tod ist, und weil man diese Brücke in vollstem Bewußtsein, also im Annehmen des Todes überschreiten muß.

Alle Einweihungen fordern das Annehmen des Todes, nicht nur als ein Auflösen des Vergänglichen, also auch des Körpers, sondern als Möglichkeit einer Vergeistigung des Leibes und auch einer Polarisierung der wesentlichen Energien, die zu einer höheren Erkenntnis verhelfen.

Es muß hinzugefügt werden, daß der initiatische Tod auf nichtphysischer Ebene das Aufgeben aller Meinungen, aller Beurteilungen, aller Behauptungen fordert, denn alles muß vergessen werden, um es neu zu erleben, um anzuklingen an die höhere Intelligenz, die zu wahrem Verständnis führt.

Das Mysterium des Todes wird stets angstvoll empfunden, denn das Kreatürliche im Menschen klammert sich instinktiv an eine Gestalt und widersetzt sich jeder Änderung. Es will bestehen, nicht der Vernichtung anheimfallen, und doch kann nur in der Annahme des Todes die Pforte des Lebens geöffnet werden. Nur im Sterben erlebt man die Wiedergeburt.

Die Quadratur des Kreises versinnbildlicht das große Ein- und Ausatmen des kosmischen Rhythmus. —

Das Sein verkörpert sich, und der Körper, die Kreatur vergeistigt sich im ewigen Hin und Her. Die Ausdehnung und die Einziehung des Universums versinnbildlicht dies in kosmischer Dimension.

Das Gesetz des Rhythmus wahrzunehmen, sich ihm unterwerfen im täglichen Wirken, ist die einzige Art, sein Schicksal zu erfüllen. —

Der Kreis versinnbildlicht somit auch die Potenz des Rhythmus, Hauch der höchsten Intelligenz, Ureinheit oder divines Prinzip. Diesem zuwiderhandeln führt zum Aufbau einer absurden Welt und zu einem ständigen Versuch, die Natur, und mit ihr auch seine eigene zu vergewaltigen.

Man will genießen, schnell, jetzt, ständig, man will den Körper zum Genuß benutzen und alle Sinne anspannen, um dieses Ziel zu erreichen.
Man nimmt Pillen zur Beruhigung und Pillen zur Elektrisierung der Nerven, man nimmt Pillen, um zu vergessen, und Pillen, um das Gedächtnis zu stärken, Pillen, die unfruchtbar machen, und Pillen, die das künstliche Paradies, Vorzimmer der Hölle, vorgaukeln.

Man flüchtet zu Drogen, die Halluzinationen hervorrufen, um dem Wahnsinn nahezukommen, ja, man versucht, in den genetischen Kodex des Menschen hineinzupfuschen in Unkenntnis der kosmischen Gesetze des Lebens.

Eine Revolution tut not, nicht die, die von Backbord nach Steuerbord und von Steuerbord nach Backbord torkelt, sondern eine psychologische Revolution, die ein neues Bewußtsein hervorruft.
Die Welt kann man nicht ändern, aber sich selbst kann man ändern, und wenn jeder dies täte, würde die Welt ganz anders sein, als sie ist.

Erst der Nachbar, dann ich, mag mancher denken. Dies ist ein Trugschluß, ein Schleier, aus Unwissen gewoben, ein Schleier, der beseitigt werden muß, wenn man die Schwelle überschreiten will, die vom weltlichen zum überweltlichen Bewußtsein führt. —

Das Rätsel der Quadratur des Kreises lösen, heißt diese Schwelle überschreiten. Von seinem Wissensdurst getrieben, erforscht der heu-

tige Mensch zwar auf geniale Weise die Welt des unendlich Kleinen und erkennt wissenschaftlich die unsichtbare und unmeßbare Bewegung, den Energietaumel, der sich jeder Beobachtung entzieht. Aber er weiß nicht mehr, ob das, was er beobachten kann, die Urstruktur der Materie ist oder der Widerschein seiner eigenen Theorien, denn die Grenzen der Physik und der Metaphysik zerfließen, und der Beobachter und das, was er beobachtet, wirken aufeinander ein. Die moderne Wissenschaft gibt zu, daß eine Beziehung entsteht zwischen dem Beobachter und dem Beobachteten, und daß diese Beziehung gegenseitig beeinflußt. Der heutige Wissenschaftler entdeckt nicht ohne Beklemmung das Ineinanderwirken aller Energien und auch die Unbeständigkeit aller Erscheinungen.
Alle Begriffe, die der Mensch sich über sein Universum und über sich selbst machte, sind über den Haufen geworfen.

Selbst physische Gesetze sind dem Laufe der Zeit unterworfen und ändern sich — wenn auch sehr langsam — stetig.

Die Welt ist reif zu verstehen, daß die Weisheit von gestern, von heute und von morgen alle Beziehungen einschließt, die den Menschen mit dem Kosmos einen.

»Das Universum ist der geheime Spiegel der reinen Wahrheit«, sagt Paulus.
Das Begreifen dieser Spiegelung ist der dem Menschen gegebene Auftrag; sein physisches Dasein ein Exerzitium in der Spiegelung seines jenseits des Physischen liegenden Wesens.

X

DIE KUNST ALS BRÜCKE ZUM VERSTÄNDNIS

>»Der Menschheit, deren Ursprung göttlich ist, gebührt es, den Irrtum zu erkennen und die Wahrheit zu schauen.
>
> Pythagoras

Die Ära der Wissenschaft ist nur eine Etappe der vielen Entwicklungsstufen einer kosmischen Spirale, in die sich jede Zivilisation eingliedern muß, um sich dem Fortschritt nicht zu widersetzen.
Die Wissenschaft und die Technik jeder Ära sollten beitragen, das tägliche Dasein jeweils zu erleichtern, aber allzuoft ist dies nicht der Fall, denn der Mensch will meist in der Wissenschaft nur ein Mittel zur Ausbeutung der Naturschätze sehen, deren Besitz ihm Macht verleiht, die er zu falschen Zwecken ausnützt.

Jede Zivilisation entwickelt ihre Wissenschaft, ihr wesentliches Merkmal jedoch ist die Kunst.

Unsere Zeit trägt den Stempel einer triumphierenden Wissenschaft, und dieser Triumph überschattet Wesentliches, auf das man allzuwenig achtet. Man erkennt die Welt nicht, wie sie ist, in ihrem Wesen, sondern achtet nur auf den äußeren Schein, der verblendet, weil den Menschen die Vision der Unendlichkeit fehlt.

Die Kunst jeder Zivilisation ist eine Brücke zwischen dem Endlichen und dem Unendlichen, denn sie verbindet Täuschung und Wirklichkeit, Formvollendetes und Formloses, Dasein und Leben.
Kunst strebt Vollkommenheit an, und deshalb ist jedes Kunstwerk

der Spiegel einer überweltlichen Harmonie, deren Wirkung nicht unterschätzt werden darf.

Sooft der Mensch Empfindungen wahrer Erhebung ausdrücken will, greift er zur Kunst. Nur sie kann dem Beschauer eine Botschaft übermitteln, deren Widerhall ein neues Bewußtsein und ein Gefühl der reinsten Freude erweckt. Die Botschaft der Kunst ist über die Zeit erhaben. Sie wirkt wie eine Sprache, wortlos und doch im Takt ihrer Zeit. Ihr wohnt eine Dynamik inne, die das Unaussprechliche und Unbewußte verständlich macht. Sie spiegelt den Rhythmus des Lebens wider, und in diesem offenbart sich das Urprinzip, das Unbewegte in der Bewegung der Vielfältigkeit, durch welche das »Eine« seine Einheit verwirklicht. Das Eine ist nicht nur die Summe aller Teile der Vielfältigkeit; es ist gleichzeitig das Licht, die Wärme, die Bewegung, das Unendliche, das Ewige jenseits aller weltlichen Offenbarung.
Es ist das unermeßliche Bewußtsein der unausdenkbaren Wahrheit des Lebens.
Auf das Leben hat der Mensch keinerlei Einfluß. Es pulsiert in allem, was er sieht, hört, spürt oder fühlt, aber sichtbar ist es nur in seiner Wirkung. Das Herz schlägt, und doch kann der Chirurg das beseelende Leben nicht entdecken, auch wenn er den Brustkorb öffnet.

In seiner nur sinnlichen oder intellektuellen Weise, »da zu sein« in der Welt, versäumt der Mensch, dem Wesentlichen verschlossen, sich einem höheren Bewußtsein anheimzugeben, das im Verständnis dessen, was »ist«, als Liebe wirkt.
Sich einem höheren Bewußtsein anheimzugeben, erfordert die Bereitschaft des Herzens und des Geistes, die sich ergibt, wenn man aufhört, sich selbst zu erklären, was man ist oder nicht ist, wenn man aufhört, auszulegen und sich innerlich versteht, ohne zu rechtfertigen. In einem Wort, Verständnis ist ein Ausdruck der Liebe. Wer liebt, versteht. Verständnis ermöglicht jedem, sich dem Rhythmus des Lebens anzuschließen.
In der Stille des Inneseins, also in einem tiefinnerst empfundenen Verständnis, verschmelzen die anscheinend antagonistischen Pole der raum-zeitlichen Welt.

Man wird sich dieser Verschmelzung bewußt, wenn man jede Voreingenommenheit aufgibt. Man versteht, ohne zu urteilen, und handelt entsprechend. Alle Probleme erscheinen in ihrem wahren Lichte und enthalten demnach den Schlüssel ihrer Lösung. Man ist in der Lage, auf richtige Weise zu wirken, ohne einem falschen Kriterium zum Opfer zu fallen. Nur auf diese Weise erreicht man die schmale Pforte, die zum Reich Gottes und seiner Gerechtigkeit führt.

Jedweder Gedanke einer Überlegenheit ist aufzugeben, auch der, die Gunst des Himmels zu verdienen, denn solange die Kreatur im Menschen sich aufbläht, bleibt er stecken. Zu glauben, dies oder jenes zu verdienen, versperrt den Weg zur Erkenntnis. Man denkt allzuoft nicht, man glaubt und urteilt. Frei sein heißt urteilslos sein, in der Vision des Wesentlichen. Man fühlt, was gut und richtig ist, ein Fühlen, dem die rationale Logik nachträglich spontan zustimmt.

Meinungen, Voreingenommenheiten, Theorien, Systeme, an die man glaubt, sind Hindernisse, die die Eingebung unterbinden. Diese allein ermöglicht das intuitive Erfassen aller unsichtbaren Beziehungen, die jede Handlung, jeden Gedanken, jedes Wort miteinander verweben.
Man erfaßt, daß jedes Atom mitwirkt an der Fortpflanzung einer Bewegung, die die Menschheit mit dem Kosmos eint.

Innesein ermöglicht, das »Wesentliche« jenseits des »Scheinbaren« zu erkennen.

»Innesein« ist »Einsicht« im wahrsten Sinne des Wortes. Einsicht ist eine Askese; sie führt zur Meisterung der Gedankenwelt, also zur richtigen Denkweise, die jeder Handlung ihren Sinn verleiht. Um richtig zu denken, ist es notwendig, seine Rechte, seine Pflichten, seine Verdienste, seine Wünsche, wie auch seine Absichten vorerst zu vergessen, um urteilslos zu verstehen. Kunst kann ein solches Verständnis vermitteln.

Ein Kunstwerk ist stets ein genialer Versuch des Menschen, die Grenzen des raum-zeitlichen zu überschreiten. Die Einbildungskraft des Künstlers vermittelt das Mysterium eines Gefühls, das keiner Logik gehorcht, sondern einer Harmonie entspricht, die über die Ästhetik hinaus wirkt. Ein Kunstwerk ist eine Bildschrift des Sichtbaren, in dem sich, im subtilen Spiel des Lichtes oder des Klanges oder der Formen die Bewegung im Unbeweglichen und das Unbewegliche in der Bewegung kundtut. —

So klingt die Musik unmittelbar an die Seele an. Der Rhythmus des Tonklanges erweckt eine Zustimmung des Herzens, die sich jeder Beschreibung entzieht.
In der Schönheit eines Bauwerkes offenbart sich die lebendige Symmetrie der Volumen oder der Formen; sie beseelt den Stein, und der kalte Marmor strahlt Wärme zurück, denn Wärme und Licht und Rhythmus und Harmonie sind Spiegelungen der Bewegung des Lebens.

Platon nannte das Licht den Gipfel des Wahren. Plotin, ein Schüler des Pythagoras, meinte, daß die Dinge nicht schön wären in sich selbst, sondern weil sie die Schönheit widerspiegeln, und diese Erkenntnis führt zur königlichen Kunst, die Schönheit des Lebens im Dasein zu offenbaren. Dies ist die wahre Kunst des Lebens. Ist dies möglich?

Kann man das unsichtbare Licht der kosmischen Harmonie im täglichen Dasein widerspiegeln? Kann man im Bann des täglichen Pensums in vollster Ausgeglichenheit auch das Unannehmbare nicht nur annehmen, sondern auch als Erfahrung begrüßen? Es ist nicht leicht, besonders in der heutigen Zeit, in der die Wissenschaft eine Hauptrolle spielt.
Sie befreit nicht nur den Menschen nicht, sondern trägt noch dazu bei, ihm seinen Auftrag zu erschweren.

In der Vervielfachung seiner Wünsche, im steten Fortschritt der Technik, in der Vermehrung der Verbrauchsgüter und nicht zuletzt auch der Waffen, wird eine ökonomische Entwicklung vorangetrieben, die den Reichtum der »reichen« Völker vergrößert, und den Graben vertieft, der sie von den »armen« Völkern trennt.

Diesseits des Grabens muß man verbrauchen, um herzustellen, und herstellen, um zu verbrauchen; jenseits des Grabens fehlt oftmals das Nötigste; und auf beiden Seiten schüren so manche alle Arten von Fanatismus.

Die Zivilisation der Wissenschaft nähert sich dem Chaos, weil sie sich der Kunst des Lebens verschließt, die der Ordnung entspricht; nicht der weltlichen, sondern der überweltlichen Ordnung, Spiegelung der kosmischen Harmonie.

Wenn der Mensch nicht baldigst zum Bewußtsein seiner Aufgabe erwacht, die im Erkennen der Naturgesetze ihn verpflichtet mitzuhelfen, alles Bestehende der Vollkommenheit zuzuführen, ist ein weltweiter Konflikt mit seinen unübersehbaren Folgen unvermeidlich.
Seiner Aufgabe entfremdet, zerstört er die Ausgeglichenheit der Natur. Von einem illusorischen Fortschritt angezogen, will er die Natur bezwingen, um materielle Vorteile zu erraffen.
Der leere Bauch der Besitzlosen und die Habgier der Gesättigten verblenden. Die einen und die anderen haben, aus verschiedenen Gründen, Angst voreinander.
Wenn die aufgestapelten Waffen benützt würden, blieb auf beiden Seiten kein Stein auf dem anderen. Am Ende des 20ten Jahrhunderts scheint der Mensch den Vorrang, der ihm zukommt, Meister der Natur zu sein, zu verspielen.
Von der Anziehungskraft der Technik befangen, überläßt er ihr die Lösung seiner Probleme. Er baut Maschinen, die besser und schneller rechnen als er, die ein besseres Gedächtnis haben als er, die er befragen kann, um in einer von ihm gewollten rationalen Weise eine Rechtfertigung der Entscheidungen zu erhalten, die die von ihm programmierte Maschine ihm vorlegt und die er dann ausführt.

Leistungsfähigkeit verdrängt das Wesentliche. An Stelle einer allumfassenden Weltschau, an Stelle eines fundamentalen Erkennens der menschlichen Aufgabe, an Stelle des Verständnisses aller sichtbaren und unsichtbaren Beziehungen, die jedes mit jedem verbinden, verneint der »Roboter« das Wunderbare, das Träumerische, das Märchenhafte, das Wahre. Der Mensch krankt an diesem Zustand. Die

Psychiater sind voll beschäftigt in USA und Europa, um so mehr, als jeder mehr besitzen will als ihm zukommt.

Nur in der Erkenntnis der Gesetze des Lebens ist es möglich, einfach und wahr »dazusein« in der Welt und Brüderlichkeit und Nächstenliebe zu üben.
Nur die Kunst des Lebens ermöglicht es dem Menschen, im Rahmen der Familie, der Gesellschaft, des Berufes treu seinem innersten Wesen zu wirken.
Der Alltag ist sodann für ihn ein Exerzitium auf dem Wege der inneren Reife. Er führt ihn von einer Art des Wissens zu einer andern, von einer Welt zu einer anderen, von einer beschränkten Erkenntnis zur höchsten. Höchste Erkenntnis stützt sich sowohl auf das Verständnis, wie auch auf die Logik und bringt zum Bewußtsein, daß auch die nebensächlichste Handlung eine Folge nach sich zieht, der man nicht entgehen kann.

Die heutige Welt ist hastig, Zeitmangel ist die Parole. Man hat keine Zeit zum Leben, man hat keine Zeit zu verstehen. Zielbewußt eilt man vorwärts, doch das wahre Ziel liegt woanders. Es erfordert Wachsamkeit, um die geheimen Triebfedern des Unterbewußtseins zu erforschen, denn nur immerwährende Wachsamkeit löst die Trugbilder auf, an denen man hängt, weil sie Illusionen vorgaukeln, die dann jeder falschen Handlung eine nachträgliche Rechtfertigung verleihen.

Jenseits des rein mechanischen mentalen Vorganges, jenseits der Trugschlüsse, jenseits der Hast, jenseits der Angst wacht der Stille Wächter. Er kann sich jedoch nur in der Stille des Inneseins bemerkbar machen.
Wenn er sich bemerkbar macht, ist man nämlich wirklich still, tiefst innerlich. Man spürt sodann nicht nur die Qualität der Stille, sondern auch alles, was falsch ist im Gaukelspiel der Einbildung, der Rechtfertigung, der Meinungen und der Behauptungen.

Stille ist weit entfernt von Empfindungslosigkeit; sie ist der Urgrund, in dem Psyche sich form- und gesichtslos, tiefst-innerst erlebt.

Ein Erlebnis, das sich in einem Zugehörigkeitsgefühl, das alles mit allem verbindet, auswirkt. Man ist nicht abseits der Welt, sondern in der Welt.

In dieser Verfassung ist man bewußt der Knotenpunkt der kosmischen Energien, die sich sowohl als instinktive, wie auch als psychische und geistige Kräfte im Körper verschmelzen. Bewußt dieser Kräfte, bewußt der Beziehungen, die ihr Ineinander- und Auseinanderwirken hervorrufen, meistert man sie und somit die von ihnen beeinflußte Gedankenwelt, die jede Handlung bedingt.

Im Erkennen dieser Beziehungen, im entsprechenden Handeln, hilft man mit am großen Werk der Natur und schreitet man weiter auf dem Wege der Erkenntnis. Auf diesem Wege verwandelt sich das Dasein in ein »Laboratorium« im Sinne der Alchemiker, deren Losung »Ora et Labora«, d. h. »bete und arbeite«, dieses Wort prägte.

Die Arbeit in diesem Laboratorium verweigern, hemmt die geistige Entwicklung.

Ihr aus dem Wege zu gehen, aus Angst, im täglichen Dasein nicht auf der Höhe zu sein, oder seine Wünsche nicht erfüllen zu können, ist jedoch falsch, weil innere Verspannung die Folge ist. Geistige Verwirklichung ist nur erreichbar im ständigen Erforschen der weltlichen Ebene, und zu glauben, daß der Weg zur geistigen Entwicklung ohne diese Erforschung mit Erfolg durchschritten werden könne, ist ein Trugschluß.

Der Ehrgeiz, geistig vorwärts zu kommen, und die Überzeugung, dies zu können, befriedigt zwar die Eigenliebe, führt aber nicht zur inneren Reife und notwendigen Umwandlung.

Man kehrt dem anscheinend sinnlosen Alltag den Rücken und hofft, jemandem zu begegnen, dessen Innenleben mit seinem Ideal übereinstimmt, um zu versuchen, das eigene Verhalten dem seinen anzupassen.

Man übt Riten, man nimmt nur gewisse Speisen zu sich, und man verwechselt den Wunsch der Entsagung mit dem Zustand der Entsagung.

Der Ehrgeiz ist befriedigt, doch keine Umwandlung hat den Ehrgeizigen wahr gemacht. Nur im »wahr sein« liegt das Geheimnis der Duldsamkeit und der Brüderlichkeit. Nur im »wahr sein« erkennt man die zwar geahnten aber zu erforschenden metaphysischen Tiefen des Universums. Nur im »wahr sein« jenseits der trügerischen Oberfläche erscheint das Wesen aller Dinge.

Das Reich des Glückes ruht im Herzen eines jeden, denn Glück ist die Strahlung des Wahren! Glück ist Verständnis und Verständnis ist Liebe. —

Am Wendepunkt einer Epoche der Menschheit und an der Schwelle eines neuen Zeitalters müssen die rechtmäßigen Erben einer uralten Überlieferung, die ihnen bestimmt ist, ihr Erbgut fordern, nicht um es zu besitzen, auch nicht um es zu verschleudern, und noch weniger, um es zu entwürdigen, sondern um die Weisheit zu erforschen, die ihm innewohnt.

Da die heutige Epoche die der Wissenschaft ist, und der Fortschritt dieser Wissenschaft dem Menschen Energiequellen von bisher unbekannter Wirksamkeit übermittelt, ist es unumgänglich notwendig, den Gebrauch dieser Energiequellen der Weisheit zu unterstellen.

Solange man einen Erfolg willensmäßig anstrebt, widersetzt man sich anderen willensmäßigen Anstrengungen, und so können die daraus entstehenden Konflikte die Menschheit in den Abgrund stürzen, wenn kein »Bewußtwerden« den Sturz verhindert.
Bewußtwerden heißt, die Beziehung zu erkennen, die die Menschen, welcher Farbe, Religion oder Rasse sie auch seien, eint.
Dieser Erkenntnis zuwiderhandeln heißt, sich der höheren Intelligenz verschließen, heißt dem wahren Fortschritt den Rücken kehren, heißt der inneren Reife entsagen, die aus jedem Menschen einen Diener der Menschheit macht.

Diese Erkenntnis ermöglicht in vollster Freiheit, dem Schönen, dem Wahren und dem Guten Ausdruck zu verleihen, umso mehr als »Freiheit« alle unnötigen Erklärungen, Glaubensbekenntnisse und Behauptungen erübrigt.

Freiheit ist Meisterung der instinktiven, psychologischen und intellektuellen Impulse, die nicht zurückgedrängt werden, sondern sich auflösen im Verständnis der Ursachen, die sie hervorrufen.

Um die Meisterschaft zu erreichen, um die Stille des Inneseins zu üben, mag es anfangs angebracht sein, sich vorzunehmen, alles Persönliche abzustreifen. Um dies zu erreichen, möge man sich vorstellen, 3 oder 4 Schritte rückwärts zu schreiten, obwohl man unbeweglich sitzen bleibt. Dies erwirkt eine rhythmische Beziehung zu seinem jeweiligen Gegenüber, gleichgültig, ob es sich um eine Einzelperson, ein Objekt oder um eine Gruppe handelt, oder im übertragenen Sinne um eine Situation, die man so besser überschaut.

Einer rhythmischen Beziehung stellt sich nichts persönliches entgegen. Kein instinktiver, psychologischer oder intellektueller Beweggrund hindert den Einklang, der nicht gedacht, sondern gefühlt wird. Alsdann entsteht das Verständnis.

Man steht im Leben, innigst vereint mit seiner Umwelt! Man ist bewußt »da«, und in diesem Zustand des »Daseins« gewinnen die Worte des Königs, von denen die indischen Upanishad berichten, tiefste Bedeutung:

>»Wenn die Sonne untergegangen ist,
>Wenn das Feuer erloschen ist,
>Wenn das Wort abwesend ist
>Welches Licht scheint dem Wesen?«

Die Antwort ist Atman, denn Atman ist dieses Licht, griechisch »Sebastos«, nämlich die göttliche Weisheit.

Wahrheit und Leben sind eins im »Einen«, Alpha und Omega der inneren Reife.

XI

EIN REITTIER DER GÖTTER

»Das Unwahrscheinliche ist das noch nicht erkannte
Wahre.«　　　　　　　　　　　　　André Karquel

Je mehr sich die heutige Welt in ihre eigenen Widersprüche verstrickt, desto mehr zieht das Wunderbare den Menschen an. Die zauberhafte Magie der mythischen Welt mit ihren Fabeltieren wirkt stets wie neu, und wenn man sich ihr nicht verschließt, versteht man den Sinn der ältesten Überlieferungen der Menschheit.

Sie erwecken das unantastbar Heilige, das in der tiefsten Nacht des Unbewußten begrabene Sehnen, und erneuern eine Hoffnung, nicht nach etwas Bestimmtem, sondern nach etwas Unfaßbarem.

So versinnbildlicht Pegasus, das beflügelte Pferd, die schöpferische Eingebung, die geistige Schaffensfreude wie auch die Unsterblichkeit.
Auf Pegasus reiten ermöglicht, die Schwelle einer Region zu überschreiten und aufzusteigen in die Sphären der höchsten Vollkommenheit.

Das beflügelte Pferd erhebt den Menschen über sich selbst, und es ist nicht verwunderlich, daß unter allen Tieren, die er zähmt, der Mensch das Pferd als seine edelste Errungenschaft betrachtet.

Im Osten wie im Westen ist es das Reittier der Götter. Im Rig Veda, dem heiligen Buch der Inder, wird die Sonne als Hengst bezeichnet. Im griechischen Mythos wird Apollos Sonnenwagen von sieben weißen Hengsten gezogen, und Buddha verließ diese Welt auf einem

weißen Pferd. Das weiße Pferd versinnbildlicht die schöpferische Kraft, das schwarze Pferd das Mysterium.
Die Kutschen unserer Märchenwelt werden von schwarzen Pferden gezogen. Das fahle Pferd ist das Reittier des Todes.

Poseidon schuf Pegasus aus dem ins Wasser getröpfelten Blut der von Perseus geköpften Gorgone. Diese Schöpfung veranschaulicht die läuternde Funktion des Wassers, dank welcher die verderbten Instinkte, die der Schlangenkopf der Gorgone veranschaulicht, in geistige Triebkraft verwandelt werden.

Bellerophon besiegte auf Pegasus reitend die Chimäre, aber in seinem stolzen Wahn flog er auf bis zum Olymp und, von Zeus bestraft, verlor er Pegasus für immer.

Reiter und Pferd in ihrem tiefen Einvernehmen veranschaulichen auch die Verschmelzung der Psyche und der logischen Urteilskraft. Tagsüber leitet der Reiter das Pferd, nachts leitet der Instinkt des Pferdes den Reiter.

Das römische Rittertum machte Pegasus zu seinem Sinnbild. Die Urtradition des Rittertums, weit älter als das römische, stützt sich auf heilige Texte, die besagen, daß ein Ritter vor allem der ist, der seinen Verpflichtungen treu bleibt, der die geistige Reife anstrebt, der in Freiheit, Gerechtigkeit und Weisheit sein Reich regiert.
Derjenige auch, der vom Genius beseelt, in jeder seiner Handlungen wahres Verständnis zeigt.

Der Ritter, im Sinne der heiligen Texte, verteidigt und beschützt im Namen *des* Rechtes und *des* Gesetzes, nicht etwa *seines* Rechtes oder *seines* Gesetzes, die Völker, und dies mit der Zustimmung der Götter.

Sein ist alle Verantwortung. Im Namen dieser Verantwortung erfüllt er seine Pflicht und entschließt sich zum Kampfe, um ihr treu zu bleiben.
Er kämpft ohne Haß und ohne Lust, um die Schwachen zu beschützen und um das Volk vor Unterdrückung zu bewahren.

In einem Punkt finden die heiligen Texte ihre besondere Bedeutung: Wenn der Feind von gestern, wenn der Feind als solcher, wenn der Feind des vergangenen Augenblicks besiegt ist und demnach sich verloren fühlt, ist es ausdrücklich immer wieder betonte Pflicht des Ritters, nicht nur ihm zu helfen, sondern ihm sogar seine eigene Existenz zu opfern.

Über diese Haltung sollte in der heutigen Zeit meditiert werden, denn sie enthält eine Lehre, die die Völker zu ritterlichen Handlungen anleiten könnte.
Die menschlichen Beziehungen, die dieser Tradition entsprächen, würden eine ganz neue Form annehmen, und manches würde sich ändern in der Welt.

Man sollte auch nicht vergessen, daß der wahre Ritter stets wachsam bleibt, um in der Lage zu sein, das Wesentliche in allem herauszufinden, das Vernünftige wahrzunehmen und das Geniale zu fördern.

Der Kampf ist niemals ein persönlicher; er soll nur dem Schutze derer dienen, die bedroht sind und der Verantwortung des Ritters unterstellt sind.

Der Kampf kann auf verschiedene Weise ausgefochten werden. Im Gelände findet er nur statt, wenn keinerlei andere Lösung möglich ist.
In diesem Falle unternimmt der Ritter ihn ohne Angst und Bangen, sei es, um ein Volk, eine Überlieferung oder auch diejenigen, die sich ihm anvertrauen, zu beschützen.

Ein Kampf anderer Natur ist der gegen Unwissenheit geführte, der nur gewonnen werden kann, wenn alle Probleme ins richtige Licht gerückt werden.

Keine Voreingenommenheit oder persönliche Ansicht darf die klare Sicht des Ritters verschleiern. Keine Selbsttäuschung, kein Haß, kein persönliches Interesse soll seinen Beschluß beeinflussen.
Wie seinerzeit in der Legende, muß er den »Drachen« vernichten, der sein Urteilsvermögen in irgendeiner Weise bedroht.

Wenn diese uralten Texte von neuem Beachtung verdienen, ist damit nicht gemeint, ein mittelalterliches Rittertum wieder aufleben zu lassen, sondern die Botschaft zu empfangen, die ihr zugrunde lag. Sie bleibt stets lebendig, wenn auch der moderne Ritter, sollte er auferstehen, seine goldene Rüstung unter seiner modernen Kleidung verbergen müßte. Sie schützt ihn vor Feinden, obwohl er selbst niemanden als Feind empfindet. Jeder ist sein Bruder in der menschlichen Gemeinschaft. Er handelt im täglichen Dasein wie jedermann, ohne jedoch teilzunehmen an der Hast, der Habgier und den Gegensätzlichkeiten der Welt, denen sich so viele unterwerfen. Er bleibt ein unbetroffener Schiedsrichter, der klar erkennt, was geschehen soll und was getan werden muß, auch wenn er sich keine Illusion macht über den günstigen Ausgang seiner Bemühungen.

Durch die Entdeckung des Bruders in jedem entdeckt er sich selbst. Er entdeckt das Wesentliche als Spiegel des Lebens und ist daher stets der Beschützer alles Lebendigen.

Die nördliche Saga entspricht der mittelländischen und auch der östlichen.
Am Rheinufer ist die Tradition der Germanen gleich der der heiligen Texte. —

Sie besagt z. B., daß der Ritter sich am Abend zu seinesgleichen gesellen konnte, ohne daß irgendeine Frage, nicht einmal nach seinem Namen, gestellt wurde.
Niemand erkundigte sich, woher er kam, noch wohin er ging. Die Wirkung seines Wesens und die Art seines Auftretens, sowie der Ausdruck eines menschlichen Verstehens genügten, um ihn in den Kreis der Ritter einzugliedern.

Die Freude, einen Bruder aufgenommen zu haben, war groß, einen Bruder, würdig seiner Rüstung, würdig seines Schwertes, Kennzeichen des Beschützers des Lebens und des Bekämpfers der Finsternis.

Den Bruder aufnehmen im Bewußtsein seiner Bruderschaft des Geistes, würde in der heutigen Zeit zur Einigung der Völker führen, zum Frieden und zu einer wahren Zivilisation.

Die geheime Sprache des tiefen Verständnisses ist das Privilegium derer, die im vollsten Bewußtsein ihrer Verantwortung der Menschheit dienen wollen, welcher Religion oder Kaste sie auch angehören.

Im Gegensatz dazu führt die Sprache, die Worte benutzt, oft in die Irre, denn sie unterliegt einer sich stetig ändernden Sinngebung dieser Worte.

Das historische Geschehen verleiht dem jeweiligen Ausdruck eine gewisse Färbung. Daher fühlt man sich heutzutage verleitet, die ritterliche Tradition als überlebt anzusehen.
Man vergißt das Wesentliche, das niemals altert.

In Indien gibt es 5000 Jahre alte Schriften, die von Kshathriyas, also von Rittern berichten.
In Japan ebensolche, die die Pflichten des Samurai aufzählen.
Die Chinesen des Altertums wählten als Leiter ihrer Rasse einen Krieger in schwarzer Rüstung.

An der Schwelle des neuen Zeitalters ist es unerläßlich, die Geheimsprache der stets lebendigen Überlieferung wieder zu verstehen, auch wenn diese Überlieferung, meist aus Unkenntnis, von ihren rechtmäßigen Erben verschmäht wird.
Nur sie kann das Bewußtsein einer Elite erwecken, die ohne Titel, Rang oder Diplom bereit ist mitzuhelfen, die große Menge der Menschen zur Erkenntnis und zur Erfüllung ihres wahren Schicksals anzuspornen. Dieser Ansporn ist der Beginn des Weges, der vom Leiden befreit.

Die Ritterorden wollten, zumindest ursprünglich, denjenigen befreien, der »Gefangener« war. Von außen her gesehen, führte dieses Postulat zu den Kreuzzügen. Von innen her gesehen, führt es zur Befreiung des Unsterblichen im Menschen.

In der Kapelle des Malteser-Ordens in Rom gibt es ein Bild eines deutschen Großmeisters des Ordens.
Auf diesem Bild sind alle Symbole des Rittertums zu finden.

So der Globus, Sinnbild des Universums.
So die Rüstung, Sinnbild der Weisheit und auch der Beherrschung der weltlichen Kräfte.
So der azurblaue Mantel, Sinnbild der Meisterung der stets jungfräulichen Energien des Universums.
So dessen weißes Futter, Sinnbild der Reinheit und der Unverwundbarkeit.

Auf der Rüstung glänzt das achtarmige Kreuz des Malteser-Ordens, Sinnbild der acht Himmelsrichtungen des Universums und ihrer Beziehungen zur Mitte, denn der wahre Ritter ist gleichzeitig Regent und Stütze der acht Horizonte und ihrer Mitte.

Nur ein fahrender Ritter erreicht volle Freiheit, denn er ist frei aller Bande. Er ist frei, das Wahre zu erkennen und zu bekunden. Er zeigt dem Leidenden den Weg zur Genesung und öffnet jenseits aller Grenzen, in die sich die Menschheit einschließt, die Pforte zum Eigentlichen.

Er zieht aus der Macht seiner Erkenntnis keinerlei persönlichen Vorteil. Er verwechselt den Buchstaben des Gesetzes nicht mit dem ihm innewohnenden Geist. Die Bereitschaft seines Herzens ist umso größer, als die Wirrnis der Welt sich vergrößert. Er versucht stets, innerlich still zu bleiben, um der Kanal einer höheren Intelligenz zu sein, die durch ihn wirkt.

In der Stille seines Inneseins entdeckt er, daß er ist, was er denkt, sieht, berührt, wünscht und liebt, und diese Entdeckung, tiefinnerst empfunden, führt zur inneren Reife.

Weder das Wort »Ritter« noch das Wort »Elite« entspricht in seiner heutigen Färbung dem genauen Sinn des auf dem Wege zur vollen Entfaltung sich befindenden Menschen.

Vielleicht wird einmal ein neuer Ausdruck dafür geprägt; ausschlaggebend ist vorerst zu verstehen, was gemeint ist.

Verständnis ist des Ritters Rüstung, Verständnis ist des freien Menschen Schild.

Verständnis als Zeichen der Liebe ermöglicht die Erforschung des Universums in seiner sichtbaren und unsichtbaren Ausdehnung.
Diese Erforschung ist umso wichtiger, als die Anziehungskraft, welche die sogenannte okkulte oder geheime Welt auf die heranwachsende Generation ausübt, stetig wächst.

Sie entspricht dem Rhythmus unserer Zeit und auch einer unbewußten Sehnsucht, das unumstößlich und unantastbar Heilige, das in der Psyche eines jeden Menschen ruht, wieder zu entdecken, wenn auch auf neue Weise.

XII

DAS ERWACHEN ZUM WESENTLICHEN

>»Die unerwachten Menschen glauben an zwei Welten, die Erwachten nur an eine« Heraklit

Der zeitgebundene Werdegang enthält den Keim des Vergänglichen. Das Vergängliche ist dem Tode ausgesetzt, und dieses Bewußtsein löst Ungewißheit und Angst aus, denn die allzu logische Denkweise, die sich auf das Erinnern einer rationalen Begriffswelt stützt, sieht nur den Aspekt des Vergänglichen und nicht den zeitfreien ewigen.

Dieser nur logischen Denkweise entsprechend hat die kosmische Dynamik einen Beginn und ein Ende, denn alles Bestehende ist einem Beginn und einem Ende unterworfen. Das »Ich« ist vergänglich, das »Sein« nicht. das »Sein« entgeht jedoch jeder Beobachtung, und so ist der rational denkende Mensch nicht bereit, sich dem Unmeßbaren und Grenzenlosen der übersinnlichen Wahrheit anheimzugehen.
Das personale und habgierige »Ich« will wissen und beruhigt sein. Es verabscheut jede Unsicherheit und schreckt zurück vor der Vernichtung.

Was geschieht jenseits des Todes? Gibt es ein Jenseits?

Man liest hinein, man projiziert in die okkulte Welt beruhigende, weil wohlvertraute Ideen.
Man versucht, vergangene Existenzen zu erkunden und sie von Hellsehern bestätigen zu lassen.

Man will »dauern«, auch über den Tod hinaus; dieser Wille ist eine Konstante der menschlichen Sehnsucht, die aber auf dem Wege der Meisterung eines immer wieder verkannten Schicksals zu einem Hindernis werden kann.

Eine unmittelbare und vollständige Vision, ein allumfassendes Wahrnehmungsvermögen ist in den Plan der menschlichen Entwicklung eingeschrieben und somit demjenigen zugänglich, der durch sein spontanes Verständnis in seinem Bewußtwerden das Sichtbare und das Unsichtbare eint.

Spontanes Verstehen bedingt die Ausschaltung des psychologischen Gedächtnisses, welches das Empfundene mit dem schon Bekannten vergleicht und es dadurch verändert oder verstümmelt.

Das unmittelbare Wahrnehmungsvermögen bedingt stets Wachsamkeit, also eine Geistesgegenwart, die von keiner im Gedächtnis verstauten Erinnerung, von keiner Angst, von keinem Wunsch und von keinem Vorurteil beeinträchtigt wird.

Das Okkulte ist das Verborgene, also das nicht unmittelbar Wahrnehmbare.

Die Parapsychologie, die Esoterik und die heutige Wissenschaft befassen sich mit der verborgenen Dimension unserer Welt, und es ist erstaunlich, wie viele Menschen von ihr angezogen werden.
Ihre Erforschung hat jedoch nur Wert, wenn keinerlei Vorurteile die Empfangsmöglichkeiten feinfühliger Neuronen des Hirnes hindern, nicht nur subtilste Schwingungen wahrzunehmen, sondern sie auch so zu empfinden, daß sie von keiner gewollt-logischen Auslegung, die Bekanntes im Unbekannten erkennen möchte, verfälscht wird.

Häufig, besonders wenn von einem Medium empfangene Impulse allzu voreilig gedeutet werden, tritt eine solche Verfälschung ein.

Die unerläßliche Feinfühligkeit, die zur Erforschung der unsichtbaren Dimension unseres Universums notwendig ist, soll, so behaupten alte Texte, das Privileg des Besitzers des Steines der Weisen sein.

Dies mag stimmen, wenn man den Rebis, den er stellt, und von welchem anderweits die Rede war, voll gelöst hat.

Jedenfalls handelt es sich um einen sehr ausgedehnten Bereich, dessen Erkundung nur unternommen werden sollte, wenn man reinen Herzens ist und das Wesentliche, nicht das Phänomenale anstrebt.

»Stille«, sagt Vivekananda, »ist die stärkste Form der geistigen Arbeit«, und er fügt hinzu: »Nichts ist gefährlicher, als die Fähigkeiten eines Yogi, die sich in Fallen verwandeln auf dem Wege der inneren Reife, wenn man ihnen eine Wichtigkeit zuschreibt, die sie nicht haben.«

Der innere Weg, der zur Meisterung der Dinge des Lebens führt, kann als ein Yoga der Erkenntnis bezeichnet werden, falls die Vollkommenheit angestrebt wird, welche die hermetische Wissenschaft als das Ziel des Daseins ansieht.
Die Vollkommenheit kann nur in der Erkenntnis dessen, »was ist«, erreicht werden.
Die Erkenntnis setzt schöpferische Energien auf allen Ebenen der menschlichen Äußerungen frei, so auch psychische Kräfte, deren Wirken die Telepathie, die Telekinese, die esoterische Heilung und alle anderen Psi-Phänomene erklären.

All dies erweckt in weiten Kreisen immer größeres Interesse, und vieles wird verbreitet, auch wenn es nicht immer der Wahrheit entspricht. Die geheimen Triebfedern der Psyche geben allerdings, wenn sie von allen Schranken befreit sind, unbewußt eingezeichnete, uralte Erfahrungen kund.

Ein solches Bewußtwerden erweckt eine Erinnerung, durch welche alles sich ändert. Denkweise, Sinnesimpulse, auf Logik aufgebautes Wissen, werden harmonisch aufgenommen im Verstehen einer höheren Wirklichkeit.
Um einen solchen Bewußtseinszustand zu erreichen, ist es empfehlenswert, dem Rat eines Meisters, eines Leiters oder eines Weisen zu folgen, dem man immer im rechten Augenblick begegnet, wenn man bereit ist, ihn zu erkennen.
Die Orientalen nennen ihn Guru. Sich keinem falschen Guru anschließen ist eine Prüfung, die bestanden werden muß. Auch darf man nur sich selbst anklagen, wenn man, von seinem Wunsch oder

Enthusiasmus verblendet, den falschen wählt. Nicht derjenige, der einen verleitet, trägt die Schuld, man trägt sie selbst.
Der wahre Guru ist nicht etwa an seiner Kleidung zu erkennen oder an seinem patriarchalischen Bart. Er kommt nicht unbedingt aus dem Orient und unterscheidet sich nicht notwendigerweise von seiner Umwelt. Im Gegenteil!
Ihn zu entdecken heißt seine Strahlung wahrnehmen, heißt, ihn intuitiv erkennen, heißt ein Gefühl des unaussprechlichen Friedens empfinden.

Eine geistige Verwandtschaft besteht zwischen Guru und Schüler. Keinerlei sterile Diskussionen finden statt, man versteht ohne überflüssige Erörterungen.
Die Probleme vereinfachen sich, die Lehren klingen unmittelbar an an die Seele, denn nichts, was nicht ihrer Erfahrung entspricht, wird von ihr angenommen.

Das Wort Guru bezeichnet den, der die Dunkelheit und die Unwissenheit auflöst.

Das Auflösen der Dunkelheit und der Unwissenheit führt zum Erwachen, zur Kenntnis seiner selbst, zur Teilnahme an der kosmischen Freude, zum Anklingen an den Rhythmus der Weltseele, also zur mystischen Gemütsbewegung.

Ob man den orientalischen oder abendländischen Weg zur Meisterung der Dinge des Lebens beschreitet, bleibt sich gleich. Beide münden ins Innesein, also in ein Erwachen zum Wesentlichen. Zweifelsohne entspricht die dem Abendland zugedachte Überlieferung der Entwicklungsstufe des im Abendland lebenden Menschen besser als die orientalische.
Es ist die allzulange Vernachlässigung der eigenen Tradition, die den Suchenden von Europa in den Orient führt. Die Wahrheit allerdings ist Eine!

Man ist mit dem Universum verwachsen, und alles was besteht, um fortzuschreiten, ist brüderlich verbunden.

Durch eine sowohl körperliche wie psychische Umwandlung verschwindet das Gefühl des Getrenntseins des »Ich« von allem anderen. Die verhärteten Denkstrukturen werden durchlässig und schmiegsam. Man hört auf, egozentrisch zu handeln und zu wollen. Man will, was gewollt *wird*, also was dem wahren Verständnis entspricht. Das Wahrnehmungsvermögen erweitert sich. Auch die einfachsten Begebenheiten entwickeln es, und, frei nach Nietzsche, hat man neue Ohren, um eine neue Musik zu hören.

Guru ist, wie gesagt, ein orientalischer Ausdruck. Das alte Griechenland kannte an seiner Stelle Meister des Denkens. Nur das richtige Denken führt zum richtigen Handeln.

Im großen Plan des Universums hat das Abendland seine eigene Mission, nämlich die rationalen Fähigkeiten der Menschheit zu entfalten, denn nur diese konnten und können das Aufblühen der Wissenschaft ermöglichen.

Die Errungenschaften der Wissenschaft müssen jedoch auf richtige Weise ausgenutzt werden, und dies Verständnis ist leider nicht vorhanden. Nur in einer allumfassenden Überschau der menschlichen Entwicklung erwacht man zum vollen Bewußtsein einer Verantwortung, die entscheidend für das menschliche Schicksal ist. Daß die Hohenpriester des alten Griechenland die mystische Überlieferung als ihr heiligstes Erbgut wahrten, ist für unsere Welt von Bedeutung, weil die ewige Weisheit dazu anleitet, die Erde nicht auszubeuten, sondern zu behüten.

Pythagoras gelang es, das Rationale und das Mystische zu vereinen. Seine Lehren, meist mündlich überliefert, bilden ein wunderbares Ganzes, das die esoterischen Kenntnisse Ägyptens und Indiens in der griechischen Klarheit widerspiegelt.

Die Weisheit, zu welcher man dank dieser Lehre gelangen kann, kommt der eines Laotse oder der eines Buddha gleich.

Der wahre Guru leitet an, aber bestimmt niemals. Der auf dem Weg Befindliche muß selbst den Pfad der Aufrichtigkeit und der Wahrheit wählen, um über alle falschen Meinungen, Absichten und Bedingtheiten hinweg die Erkenntnis und die Freiheit, die ihr entspricht, zu erreichen.

Im Erkennen dessen, was ist, hört man auf, alles fachmäßig abzuschätzen, zu beschreiben, zu zergliedern, und befreit sich von Gedankenströmungen, die das Wesentliche verkennen.

Wachsamkeit muß jedoch immer geübt werden, sogar im Schlaf. Im Traum entdeckt man die geheimen Kammern des Unterbewußtseins. Der Traum verdient Beachtung, und die Psychiater sind sich dessen bewußt. Die Schlußfolgerungen, zu denen sie gelangen, gehören jedoch nicht hierher.
Um bewußt im Schlafen zu träumen, sollte man sich abendlich kurz vor dem zu Bett gehen fest vornehmen, wissentlich zu träumen. Das Unterbewußtsein reagiert darauf und man wird sozusagen Zeuge seines Traumes. Später erinnert man sich des Geträumten und auch der Empfindungen, die der Traum im Schlafe auslöste, bevor man ihn logisch einreiht in ein tägliches Geschehen.

Der Übergang in den tiefen Schlaf ist unmerklich. Im Schlaf hört jedwede kritische Beurteilung und jede Logik auf.
Traumbilder fließen ineinander und scheinen oftmals keinerlei Beziehung zueinander zu haben, denn im Traum tritt Phantasie an Stelle des chronologischen Abrollens.

Bekannte Eindrücke werden ersetzt, manchmal durch klare, manchmal durch verschwommene Visionen.
Geheime Wünsche und Einbildungen sowie uneingestandene Ängste gaukeln Formen und Gestalten vor, die sich verbinden und ineinander verwickeln. Auch nehmen die Neuronen des Hirns, sobald die Schranken des Wachseins aufgehoben sind, Impulse wahr, die sie in Bildform vermitteln.

Aristoteles lehrte, daß jede authentische Kenntnis die Kenntnis der Gründe sei. Was ist nun der Grund des Traumes? Ist er nur ein trügerisches Gaukelspiel?

Kommt er aus einer wirklichen Welt, die dem wachen Menschen verschlossen ist?
Ist er der Widerschein längst vergangener Ereignisse, eingekerbt im Unterbewußtsein, wenn auch verwoben mit vom Gedächtnis hineingespielten Elementen?
Übermittelt der Traum gewisse Botschaften?
Kann er prophetisch ausgelegt werden?
Ist er der Ausdruck eines transzendentalen Willens oder ermöglicht er dank unbekannter Fähigkeiten der Psyche Wahrnehmungen weit entfernter Ereignisse?

Behaupten wir nichts, einer vorurteilsfreien Erforschung zuliebe. Man könnte annehmen, daß der Traum ein Bindeglied sei zwischen »Hier« und »Anderweits«, wobei mit »Hier« die bekannte Dimension gemeint ist und mit »Anderweits« die unbekannte, okkulte.

Diese letztere könnte Energien enthalten, die logisch nicht zu erfassen sind, und deren Wirken verstanden werden muß, ohne daß man sich von althergebrachten Meinungen beeinflussen läßt.

Dies ist sehr schwierig, denn eine ganz spontane Auslegung findet fast automatisch statt und darf somit nur mit Vorsicht angenommen werden, denn gewohnheitsbedingte Denkschemen verfärben sie.

Zahlreich sind die Träume, die einen Dialog mit dem Jenseits anzuknüpfen scheinen.
Diese stellen das Problem des Fortbestehens gewisser individualisierter Elemente nach dem Tode.

Selbst wenn man diese Hypothese ablehnt, wäre es trotzdem bedeutsam zu fragen, ob nicht jeder Mensch durch sein Denken, Fühlen oder Handeln mehr oder weniger tiefe Rillen in die sogenannte Astralsphäre, die die Erde umgibt, einritzt.

Eine fanatisierte Menschenmenge, zum Beispiel, würde viel tiefere Spuren hinterlassen als eine einzelne Person, selbstverständlich Spuren einer hyperphysischen Natur. Solche Rillen können sogar später noch ein Anklingen ermöglichen, und dies umso mehr, je kräftiger die psychischen Energien waren, die sie hervorriefen.

Analog einem Taster des Magnetophones könnten Neuronen eines feinfühligen Hirnes im Schlaf oder im Traum mitschwingen im Takt einer rhythmischen Anziehung, vielleicht als Traum empfunden, besonders wenn zwischen dem Sender und dem Empfänger Beziehungen bestehen oder bestanden, die dieses Anklingen erleichtern.

Haß, Liebe oder sonstige Umstände können demnach Verbindungen erklären zwischen örtlich und zeitlich entfernten Personen, ja vielleicht auch mit solchen, die nicht mehr auf Erden weilen. Andererseits ist es denkbar, daß die subtile Hülle unseres Körpers sich fortbewegen könne und so entfernt stattfindende Ereignisse wahrnehmbar mache, die man als Traumvisionen empfindet.

Es ist nicht leicht, das Gebiet der Traumwelt zu erforschen, denn es entzieht sich den Gesetzen des Raumzeitlichen, und somit den logischen Schlußfolgerungen. Der Philosoph wird unsicher vor diesem metaphysischen Aspekt.

Er fragt sich, ob die Welt des Wachens wahrer sei als die Welt des Traumes.

Der Traum offenbart sich in Bildern, und Bilder sind Produkte unseres Hirnes.

Warum sollten Traumbilder weniger wahr sein als Bilder, die von den fünf Sinnen hervorgerufen werden?
»Ich kann an allem zweifeln, weil ich von allem träumen kann«, ist eine Feststellung, die nicht ganz von der Hand zu weisen ist.

Zweifelsohne wird durch den Traum bewiesen, daß der Mensch Wahrnehmungsfähigkeiten besitzt, deren er sich im Wachsein nicht bewußt ist.
So ist es wünschenswert, die Erforschung des Universums auch bis in

die den Sinnesorganen nicht zugänglichen Dimensionen zu betreiben, ohne jedoch zu vergessen, daß die Sprache des Bekannten dem Unbekannten nicht gerecht wird und daß kein Ding genau das ist, was man sich vorstellt, obwohl es ein Teilstück des großen Planes beleuchtet.

Der Traum hat seit jeher die Menschheit beschäftigt, denn das Ungewöhnliche, Unbekannte und Unerforschte zieht an.

Man kennt ägyptische Traumdeutungen, die mehr als 4000 Jahre alt sind, sowie babylonische und indische, die 5 und 7 Jahrhunderte vor unserer Zeitrechnung niedergeschrieben wurden.

Die griechische Traumdeutung erwähnt das Gesetz der Antithese. Dieses entspringt der Feststellung, daß unbewußte Angst das Traumbild beeinflußt. Somit besagt dieses Gesetz, daß der Traum manchmal das Gegenteil des Geträumten bedeutet.

Man träumt, sich versöhnt zu haben, und dies ist das Omen eines Streites.

Der Traum als Vorahnung kommender Ereignisse oder Übermittler von Botschaften kann, behauptet dieselbe Tradition, einem Kollektivbewußtsein entspringen.
Der Träumer erlebt sich im Bewußtsein seiner Zugehörigkeit zu einer Gemeinschaft.
Dieses sich Erleben im kollektiven Bewußtsein kann als Orakel empfunden und ausgelegt werden.

Die mystische Medizin bediente sich des Traumes, um Genesung zu erzielen.
Im Heiligtum von Epidaurus läuterte sich der Kranke durch Riten, schlief in der höchst eindrucksvollen Umgebung des Tempels ein und erlebte den Traum als Bindeglied zwischen sich und dem Göttlichen wie auch zwischen dem Mikrokosmos und dem Makrokosmos.

In Epidaurus handelte es sich um eine Therapie der Seele, welche, um wirksam zu sein, eine Bindung herstellen sollte zwischen dem Hier und einem Anderswo. Die Therapeuten von Epidaurus müssen Kenntnis gehabt haben von den psychologischen und physiologischen Eigenschaften des Schlafes, obwohl keinerlei Beweis dafür besteht.
Sicher indessen ist, daß das Ineinanderwirken der psychischen und physischen Impulse des Kranken in Betracht gezogen wurde.

Die metaphysische Bedeutung des Traumes kommt auch in der Bibel immer wieder zum Ausdruck.
Der Traum Jakobs ist erstaunlich in seiner Präzision und seinem Realismus.

Von falschem wissenschaftlichem Stolz verblendet, sollte man nicht behaupten, daß nur das Beweisbare die Wahrheit übermittle.

Dagegen ist es immer wieder angebracht, wachsam zu sein, denn nur in dieser Wachsamkeit kann der Traum zu einer Meditation werden, welche den Ariadnefaden zwischen dem Scheinbaren und dem Wirklichen spinnt.

Das Scheinbare, den fünf Sinnen zugängliche, wird von einem nur kleinen Teil unseres Wahrnehmungsvermögens erfaßt.

Der rational denkende Mensch erkennt nur das der Beobachtung zugängliche an, obwohl er nicht leugnen kann, daß seine fünf Sinne, selbst wenn die modernsten Instrumente sie verstärken, begrenzt sind.
Das Leben pulsiert auch jenseits dieser Grenzen.

Den Traum nur als Widerschein der im Gedächtnis verstauten, also erlebten Ereignisse anzusehen, ist sicherlich verfehlt. Vielleicht ist er wirklich das Bindeglied zwischen der Welt der Götter und der Welt der Sinne, Götter verstanden als personifizierte kosmische Energien, die alles Lebende bedingen.

Man kennt Beispiele telepathischer Träume, auch solche, die Lösungen angeblich unlösbarer Probleme suggerierten, man kennt prophetische Träume und andere mehr.

Eines ist gewiß: der Traum bezeugt ein Wirken des Unterbewußtseins, welches in einer ganz eigenen Weise den Träumer mit einem Anderswo verbindet, das noch unerkannt ist.
Wie dieses beschaffen ist, ob die Seelen der Verstorbenen sich dort befinden und ob es vom Hier aus erforscht werden kann, bleibe dahingestellt.
So mancher sucht die Wahrheit. Sie kann im Schweigen empfunden werden, wenn man reinen Herzens dem Stillen Wächter lauscht.

In der modernen Zeit hat die Psychoanalyse und die Tiefenforschung das jahrtausendealte Interesse des Menschen am Traume von neuem erweckt.

Der kurze Überblick über die Traumwelt kann keine Antwort bringen auf alle Fragen, die man gerne beantwortet haben möchte. Er kann jedoch die Weisheit eines alten Spruches erklären.

»Das Dasein ist ein Traum«.

Auch könnte man hinzufügen: Jeder Traum führt zum Erwachen!

XIII

DER TOD UND SEIN MYSTERIUM

>»Es ist dein eigener Lärm und dein eigener Wille
>und deine eigene Kurzsichtigkeit, die dich hindern,
>Gott zu hören und zu erblicken.« Böhme

Traum und Erwachen im Rhythmus des täglichen Geschehens führen unweigerlich zum Brennpunkt der metaphysischen Spekulation aller Philosophien — nämlich zur Frage über die Bedeutung von Tod und Leben.

In der modernen Welt ist es nicht leicht, eine initiatisch-kosmische Überlieferung allgemeinverständlich zu machen, denn sie entspricht einer Weltanschauung, die zumindest in weiten Kreisen vergessen wurde.
Ihr zufolge ist die Seelenwanderung wie auch die Reinkarnation das Fundament einer Entwicklung, die, dem Gesetz des Lebens entsprechend, alles Bestehende der Vollkommenheit zuführen will.

Wenn man die Vollkommenheit als Endziel des großen Werkes der Natur ansieht, ist »Werden und Sterben« ein notwendiger Ausdruck des Lebens, durch welchen die Erscheinungsformen alles Bestehenden sich stetig weiter entwickeln. Beim Menschen führt diese Entwicklung zu einem sich immer mehr ausweitenden Bewußtseinszustand.

Im Kreislauf der Fortschrittsspirale offenbart sich die höchste Intelligenz sowohl in der Involution, der Evolution wie der Initiation. Initiation ist das Resultat einer Erforschung der Dinge des Lebens und hat somit eine wissenschaftliche Grundlage, da sie zur Kenntnis der Naturgesetze führt und zu einem Verständnis, das diesen Gesetzen entspricht. Involution ist selbst im übertragenen Sinne eine Verkörperung, denn Materie und Geist sind die zwei Pole einer ewigen Realität. Evolution ist der stete Fortschritt, der alles Bestehende der Vollkommenheit zuführt.

Laut kosmischer Überlieferung beseelt in jeder menschlichen Verkörperung ein unsterblicher Energiekern, auch Monade genannt, die physische Form, welche mit ihren Instinkten die Kreatur, also den rein irdischen Menschen, bildet.

Von der Dichte des Stoffes gehemmt, ist die Strahlung der Monade mehr oder minder fühlbar. Sie schwingt, dem physischen Auge unsichtbar, dem geistigen jedoch sichtbar, und diese Schwingung umgibt den Körper wie mit einer Hülle.

Im Zustand einer mystischen Vergeistigung kann der Erwachte und bewußte Mensch diese Strahlung als leuchtende Wahrheit erleben, als Christuserscheinung auslegen oder als Beweis seiner divinen Natur erkennen.

In diesem Zustand der Erleuchtung können sich Fähigkeiten offenbaren, die unter gewöhnlichen Umständen von den schwer überwindbaren Schranken des Denkmechanismus abgeschirmt werden.

Der Eingeweihte, der imstande ist, diese Fähigkeiten voll auszunützen, erkennt die Zukunft in ihrer Verbindung mit der Vergangenheit und der Gegenwart.

Diese prophetischen Visionen sind Folgeerscheinungen eines übermentalen Zeitbewußtseins.

Im Rhythmus der im Kosmos schwingenden Energien ist man der Zeit entbunden, bewußt eines Geschehens, in dem Gestern und Heute sich im »Jetzt« verschmelzen, das in seinem Kern das »Morgen« trägt.

Um es mit Plotins Worten zu sagen:

»Die Kenntnis der Zukunft des erwachten Menschen gleicht keineswegs der des Wahrsagers. Sie gleicht der des Schauspielers, der weiß, was kommt, und dem nichts ungewiß ist.«

Die rituelle Magie aller Traditionen soll, wenn nicht einen Zustand des Erwachens, so doch einen Zustand jenseits aller Schranken der raumzeitlichen Welt erwirken.

Das »Solve et coagula« (»löse und binde«) der Alchemisten hat keine andere Bedeutung als die einer Askese, dank welcher die geistige Dynamik von körperlichen Behinderungen befreit wird.

Die sogenannten Psi-Phänomene, die die moderne Welt bewundert, sind seit altersher bekannt. Wenn man die Magie als eine Wissenschaft der unsichtbaren Naturkräfte ansieht, sind Psi-Phänomene reine Magie. Magie wurde die Wissenschaft der Wissenschaften genannt und als letzte Stufe der priesterlichen Einweihung gelehrt.

Der Eingeweihte lernte also einzugreifen in das kosmische Geschehen, und dies erklärt das Geheimnis, mit dem diese Einweihung umgeben war, und die Prüfungen, die der »Zugelassene« bestehen mußte, bevor ihm die Schlüssel zu den Arkanen der Geheimwissenschaft übergeben wurden.
Verschiedene hermetische Schriften sprechen von einer mystischen Ehe mit der Figurenwelt des Zodiakkreises, was nichts anderes bedeutet als die Meisterung der kosmischen Energien, die der Zodiakkreis versinnbildlicht.

Sich diese Energien gefügig zu machen, ist ein uralter Wunsch und erklärt die Anziehungskraft von Amuletten und Talismanen, die helfen sollen, ihn zu erfüllen; sie sollen ermöglichen, Energien zu lokalisieren und zu speichern, teils um sie zu lenken, teils um von ihnen beschützt zu werden.

Ihre Anziehungskraft hat selbst in der modernen Welt nur wenig abgenommen. Ungeachtet des blinden Aberglaubens, der immer wieder Leichtgläubige verführt, muß man einräumen, daß die auf Amuletten und Talismanen eingeprägten Symbole indirekt im Unterbewußtsein wirken. Als Träger der dem Sinnbild innewohnenden Dynamik schaffen sie eine Beziehung zwischen einer rein materiellen und einer höheren Bewußtseinsebene.

Nehmen wir an, die äthero-magnetische Hülle des Körpers könne sich ablösen, dann käme dies einer Fähigkeit gleich, wenn auch nicht leiblich — so doch in gewisser Weise physisch — gleichzeitig an zwei Orten zu erscheinen.

So manche ungeklärten Phänomene könnten so ihre Erklärung finden. Es ist jedoch gewiß, daß man in einem Zustand der größten Feinfühligkeit imstande ist, psychologische und organische Störungen zu diagnostizieren und entsprechende Heilmittel zu verschreiben, wie auch durch direktes Einwirken die Heilung zu erzielen.

Auch ist es nicht ausgeschlossen, daß die Entfernung der ätheromagnetischen Hülle vom Körper Empfindungen hervorruft, die sich als Traumbilder darstellen.

Psi-Heilungen stehen heute im Rampenlicht. Solche Heilmethoden sind wohl jedem möglich, jedoch nur nach langer, vielleicht sehr langer Vorbereitung, ja vielleicht erst nach einer über viele Existenzen gehenden Entwicklung, denn es handelt sich um ein Lenken der Lebenskraft selbst.

Sie zu leiten und zu verdichten, um Störungsknoten aufzulösen, welche lebenswichtige fluidische Kräfte aufhalten, setzt eine Bereitschaft des Geistses und des Herzens voraus, die ihrerseits von der harmonischen Ausgeglichenheit des Menschen abhängig ist.

Chaldäische Philosophen erwähnen eine Gedankenenergie, die so licht ist, daß ihre Strahlung die dunkelsten und dichtesten Teile der Zellen durchdringt. Sie soll durch die Macht ihres Feuers den ganzen Körper zum Leuchten bringen. Wie dem auch sei, stehen dem erwachten Menschen sicherlich sehr große noch unbekannte Kräfte zur Verfügung, welche angeblich sogar das Auflösen und das Wiederverdichten des eigenen Körpers ermöglichen sollen. Es ist selbstverständlich, daß solche Fähigkeit nur einem wahren Meister vorbehalten ist, denn sie setzt die Kenntnis der geheimsten Kräfte der Natur voraus, die Tod und Geburt bewirken.

Im Rahmen der kosmischen Überlieferung ist der Tod die notwendige Brücke, die von einem Bewußtseinszustand zu einem anderen führt.

Der Tod ist ohne Zweifel das große Mysterium, das früher oder später erforscht werden muß.

Den Tod nicht zu fürchten ist der Sinn der Einweihung. Sie soll Antwort geben auf fundamentale Fragen.
Stirbt man nur in dieser Welt, oder stirbt man auch im Jenseits, um im Diesseits wiedergeboren zu werden?
Gibt es ein Jenseits? Wenn ja, ist es nur die Verlängerung des Diesseits? Was geschieht mit dem Energiekern, Seele oder Monade genannt, wenn er den toten Körper verläßt? Die Theorie der Reinkarnation gibt eine Antwort, die befriedigend erscheint, weil sie manche Ungerechtigkeiten des Daseins erklären könnte; obwohl Befriedigung keine Rechtfertigung für Annahme, und an etwas zu glauben nur ein Ersatz für Erkenntnis ist.

Eines erscheint gewiß:
Dem Gesetz des Lebens entspricht im Dasein das Gesetz der Ursachen und Wirkungen.

Solange Wirkungen nicht zur Erkenntnis der Ursachen führen, die sie hervorriefen, scheinen diese sich in einem nie endenden Kreislauf zu wiederholen.

Der Sinn des Daseins liegt im Erkennen der Gesetze, denen es gehorcht. Durch diese Erweiterung des Bewußtseins, durch dieses Verständnis der Ursachen aller Folgen ist man in der Lage, sein Schicksal zu meistern.

Auf Erden ist der Mensch bewußt Mensch, und dies gibt ihm eine besondere Verantwortung, die er annehmen muß, umsomehr als Unwissenheit vor Folgen nicht schützt.
Diese können als Leiden, Krankheit oder Verlassenheit empfunden werden. Karma ist das orientalische Wort für das Gesetz der Ursachen und Folgen, die sich von einer Existenz auf die andere fortpflanzen können, analog dem Morgen, das dem Heute folgt, ein Morgen, in welchem die Ursachen von heute ihre Folgen zeitigen.

Die Gesetze des Ineinanderwirkens aller kosmischen Energien werden von der Astrologie sowohl untersucht wie gedeutet. Ihr Verständnis kann sehr wichtige Anhaltspunkte übermitteln.

Allerdings, um richtig angewendet zu werden, müßte der Astrologe nicht nur den ersten Atemzug, mit dem der Neugeborene sich in den Rhythmus der Zeit einschwingt, in Betracht ziehen, sondern auch den Zeitpunkt der Empfängnis, der in Beziehung steht zu dem Augenblick des Todes einer früheren Inkarnation.

Ausschlaggebend ist es, sich auf den Wegen des Daseins nicht zu verirren, nicht blind vorwärts zu schreiten, um zu spät, beim letzten Schritt, sich angsterfüllt zu fragen: habe ich gelebt, habe ich mein Schicksal erfüllt oder habe ich im Gegenteil meine Entwicklung durch Unkenntnis gehemmt?

Das Bewußtsein des Menschen ist auf allen Gebieten begrenzt. Geschichtlich gesehen, kennt er nur einen winzigen Abschnitt des menschlichen Geschehens. Es fehlt dem Durchschnittsindividuum die Fähigkeit, sich seiner Vorleben zu entsinnen, und doch haben fast alle großen, ja größten Religionsstifter die Reinkarnation zum Fundament ihrer Lehre gemacht. Auch beschrieben sie ihre vorhergehenden Existenzen.

Die pythagoräische Bruderschaft war auf sie eingestellt, und die Frauen, die ihr angehörten, bereiteten sich ganz besonders dafür vor, die Seelen ihrer zukünftigen Kinder in vollster Harmonie anzuziehen und zu empfangen, in der Überzeugung einer rhythmischen Beziehung, die sie mit diesen Seelen verbinde.

Der moderne Mensch leugnet meistens solche Möglichkeiten, und in Unkenntnis der Gesetze des Lebens pfuscht er hinein in dessen heiligste Funktionen, voll Verwunderung über so viele Mißgeburten, über so viel Elend und über so viele Leiden, die vielleicht die Folgen dieser Unkenntnis sind.

Er vergißt, daß es sein Auftrag ist, den Gründen nachzusinnen, die weit entfernt oder naheliegend, Ereignisse verbinden, die anscheinend keinen Zusammenhang haben.

Das unschätzbare Vermächtnis einer gemeinsamen Vergangenheit,

Gesamtgut der Menschheit, enthält alle biologischen, psychischen und geistigen Erfahrungen unserer Entwicklung und steht zu unserer Verfügung, ja, ist sogar in die Zellen unseres Körpers eingeschrieben, denn jeder von uns hat diese Entwicklung mitgemacht.

Der Fötus in der Gebärmutter durchlebt sie von neuem in allen Stadien seines Wachstums; trotzdem vergißt der Mensch des Atomzeitalters, sich selbst zu erkennen. Es geht dabei nicht etwa um eine analytische Zergliederung, sondern um eine Schau, eine Einweihung in die Mysterien der eigenen Psyche.

Zitieren wir nochmals Einstein als prominenten Vertreter der modernen Wissenschaft, denn es ist bemerkenswert, wie sehr die heutige Wissenschaft und die Philosophie sich einander nähern, obwohl der letzte Schritt, welcher zur Verschmelzung beider führen würde, noch nicht getan ist, weil die Schranken der rationalen Begriffswelt dies verhindern.

In der Schrift »Letzte Gedanken« enthüllt Einstein, der behauptet, nicht an Gott zu glauben, seine tiefinnerste Auffassung. Er sagt: »Zu erkennen, daß das Unverständliche in uns wirkt, ist ein Empfinden, welches im Zentrum steht jeder Wissenschaft und jeder Religion. Die religiöse Erfahrung ist die edelste Triebfeder der wissenschaftlichen Forschung. Die ergreifende Überzeugung des Bestehens einer bewußten Energie, die sich in der Unfaßbarkeit des Universums offenbart, ist meine Vorstellung von Gott. Die Unbeständigkeit im Universum ist der Schleier, hinter welchem sich eine wesentliche Realität verbirgt.«

Hier spricht der Wissenschaftler als Philosoph oder der Philosoph als Wissenschaftler. Er beweist jedenfalls, daß kein Gegensatz besteht zwischen Philosophie und Wissenschaft, und daß das »Divine« in der Natur und somit in der Menschheit, den Philosophen und den Wissenschaftler, den gläubigen Menschen und den ungläubigen aussöhnen, weil das Divine ausdrückt, was »schön, gut und wahr« ist; und was gut, wahr und schön ist, kann nur richtig sein. Liebe, Energie, Licht, Kraft, Leben, Ordnung, Harmonie, sind Worte, die den unerschöpflichen Reichtum des Einen umschreiben, Attribute, welche sich in der Vielfältigkeit offenbaren, die immer wieder die Einheit des »Wesentlichen« betonen.

XIV

PSYCHE: GRIECHISCH SCHMETTERLING

> »Wenn ihr treu bleibt meinen Worten, seid ihr wirklich meine Jünger, und ihr werdet die Wahrheit erkennen und die Wahrheit wird euch frei machen.«
>
> St. Johannes

Das Sanskritwort Karman bezeichnet eine Energie, die von vollzogenen Leistungen augelöst wird. Anders ausgedrückt, handelt es sich um eine Dynamik, deren Kausalität das Gesetz des Weltalls bestimmt.

Die Vergangenheit wird in ihrer Wirkung Gegenwart, und die Gegenwart bedingt die Zukunft. So wirken alle Kräfte, vollzogene oder nur gedachte Handlungen, in gegenseitigem Ein- oder Mißklang im Universum weiter, und es scheint gewiß, daß solche Wirkungskräfte sich nicht nur unmittelbar, sondern auch auf lange Sicht bemerkbar machen.

Auf der menschlichen Ebene könnte man behaupten, daß diese Kausalität sich auch nach dem Tode auswirkt.

Goethe, als er von der Unsterblichkeit großer Männer sprach, meinte vielleicht, daß der Einfluß solcher Geister wie Buddha, Lao Tse, Plato und vieler anderer immer noch im Weltall pulsiere.

Von hoher Warte aus gesehen, haben gute Ursachen gute Wirkungen und umgekehrt.
»Gut« soll als dem kosmischen Gesetz des Lebens entsprechend und »schlecht« als diesem Gesetz widersprechend verstanden werden.

Um nochmals auf Goethe zurückzukommen, sollte man folgende seiner Worte nie vergessen: »Es ist der Fluch der bösen Tat, daß sie nur Böses kann gebären.« Auch mag man hinzudenken: Es ist der Segen der guten Tat, daß sie nur Gutes kann gebären.

Bei der Annahme der Wiederverkörperung unterliegen Leib und Seele eines jeden Wirkungskräften, deren Ursachen laut Karman auf ein oder auf verschiedene Vorleben zurückzuführen sind.
Diese Erkenntnis entspricht einer Einstellung, die Leiden, Kummer und Sorgen viel erträglicher machen, als wenn diese einem ungerechten und blinden Schicksal zugeschrieben werden.

Sie führt zu der Annahme auch des scheinbar schwerst Annehmbaren, und in dieser Annahme liegt die Lösung aller Probleme. Ihre Ursachen werden aufgelöst, weil man sie erkennt.

Das Gesetz der Kausalität wird von unserem Zeitbegriff nicht berührt. Wirkungskräfte haben eine unmittelbare oder eine sich erst später zeitigende Kausalität. Ein Faustschlag kann unmittelbare Folgen hervorrufen oder eine Gehirnerschütterung, die erst nachträglich zum Vorschein kommt.

Vieles wurde über Karma geschrieben. Die folgenden Zeilen sollen nur eine Anregung sein, dieses Thema zu vertiefen. Sie können und wollen es nicht erschöpfen, aber vielleicht auf neue Weise beleuchten.

Man kann selbstverständlich durch Studieren von Texten oder Religionen, die die Reinkarnation als Grundlage ihrer Lehren ansehen, zu einer Schlußfolgerung gelangen, die einer inneren Erkenntnis entsprechen. Man kann aber auch, von seiner Phantasie entführt, Pegasus besteigen, um auf dem beflügelten Pferd sich einer Vision zu überlassen, die das Unvorstellbare poetisch versinnbildlicht. Auf dem beflügelten Pferd beflügeln sich alle Gedanken.

Warum, fragt man sich, hat das griechische Wort Psyche zwei Bedeutungen: menschliche Seele und Schmetterling?
Ist das ein Zufall?
Auf dem beflügelten Pferd ist man sich bewußt, daß Zufall nichts anderes ist als ein bequemes Wort. Die höchste Intelligenz ist das Erfassen von Beziehungen zwischen scheinbar unzusammenhängenden Dingen.

Psyche, die Seele, entschlüpfte dem Busen ihres Ursprungs, ohne zu wissen, wann und wie; sie entschlüpfte der Puppe wie ein Schmetterling. Sie entschlüpfte dem Reiche der Mysterien des Lebens, dem sie angehört, denn sie ist göttlichen Ursprungs.

Seit der Morgenröte des Erwachens schwebt Psyche in den königlichen Gärten des unendlichen Raumes auf ihren goldenen, silbernen, purpurnen, durchsichtigen Flügeln. Sie schwebt und berührt immer wieder wie zufällig den Dunstkreis der dunklen Welt.

Diese dreht sich unter ihr, und Psyche spürt unsichtbare Reize, die sie schwingend locken.
Freudig tummelt sich Psyche umher, und die wohlwollenden Blicke der Götter machen sie trunken vor Liebe, Freude und Freiheit. Sie schwebt umher, und trotz des Taumels ihrer Freude hört sie einen Ruf, der gebietend ertönt. Sie zittert, denn der Ruf kommt aus den vulkanischen Tiefen der irdischen Welt, in welcher Atome wirbeln, Elektrone zersplittern, Trugbilder erblassen und Gespenster nach Licht dürsten.

Psyche schwebt über dem irdenen Tiegel, in dem pechschwarze Mixturen brauen, und ihre Flügel werden schwer und schwerer.

Sie fällt hinab immer tiefer und tiefer, angezogen von den Kräften der Natur, die sie umarmend umhüllen.

Psyche, ihrer Flügel beraubt, ist gefangen und erblindet. In der Dichte der Hüllen entwickelt sich die Kreatur, unbewußt des Seelenlichtes, dem sie ihre Entstehung verdankt.

Die Kreatur will sich behaupten. Die rationale Logik wird zum Bollwerk ihrer Selbstherrlichkeit. Ich bin stolz, ich zu sein, wispert das egozentrische Selbst in das Ohr der Kreatur.

Psyche, gefangen in der Dichte der Hüllen, bleibt dennoch der stille Wächter, der unbekannte Wächter, der Zeuge eines überweltlichen Lichtes.

Das egozentrische Selbst, stolz und hochmütig, will herrschen, will beeinflussen. Es sucht den Lärm. Es will teilnehmen an der Gärung der Ideen, teilnehmen an der Hast der Menschen, es will besitzen, um schnell, ganz und voll zu genießen.

Vergeblich sucht der unbekannte Wächter dem egozentrischen Selbst die Vorzüge der Stille begreiflich zu machen.
Vergeblich, weil zum Verständnis losgelassen werden muß, was das egozentrische Selbst behalten will. Es will Wissen, Macht, Reichtum anhäufen, denn darin findet es seine Bestätigung.

Psyche, ihres Ursprungs bewußt, gefangen in der dunklen Kammer einer unsichtbaren Welt, versucht vergeblich, Licht auszustrahlen in der Finsternis ihres Gefängnisses. Alles ist verhärtet, undurchsichtig, schwarz, und doch spürt Psyche, daß ihr Bemühen wesentlich ist. Sie spürt, daß eines Tages, wer weiß wann, im richtigen Moment, vielleicht der Anblick einer Wiesenblume oder vielleicht ein Schicksalsschlag das Wunder vollbringt, welches das Bollwerk sprengt.

An einem solchen Tag wird alles anders:
Die innerlichst empfundene Sehnsucht verwandelt sich in Freude. Psyche in ihrem Lichte strahlt, und die Hüllen ihres Gefängnisses werden durchlässig für das Licht ihrer Strahlung und sie kann endlich sich spiegeln im Bewußtsein des Menschen und sich in dieser Spiegelung form- und gestaltlos erkennen.

Zunächst hört das egozentrische Selbst auf den stillen Wächter nicht. Es weiß nicht, daß Psyche auch die Seele seiner Kreatürlichkeit ist. Es weiß nicht, daß Psyche jenseits ist von Werden und Sterben, jenseits von Raum und Zeit, der Ewigkeit angehörend. Es weiß nicht, daß Psyche der Keim ist aller Energien des Lebens, die Wurzel aller Rhythmen, die im Herzen des Universums pulsieren.

Psyche ist die Gefangene der Kreatur, die sie beseelt, um auch den Schatten umzuwandeln in Licht. Sie ist die Mutter der Formen, die erhabene Sophia, die göttliche Geliebte, der Heilige Geist, die Königin des Himmels, die betörende Zauberin, — schillernde Namen des ewig Weiblichen, dem selbst der Gott die Möglichkeit seiner Offenbarung verdankt.

Psyche ist die Gefangene ihrer Hüllen, unberührt von Lärm und Angst; wachsam und still flüstert sie der Kreatur zu, die Schlacken, die sie beschweren, aufzulösen, um ihr die triumphierende Rückkehr zum Ursprung zu erleichtern;

Sie regt an, Stille zu üben; Meditation zu pflegen, um den Lichtsprudel zu erkennen, der dem Humus der dunklen Erde entspringt, wenn Durst, Hunger, Angst, Kummer, Sorge und Pein sich auflösen im Innesein.

Psyche im Herzen der Kreatur schwingt im Rhythmus der Weltseele und erfüllt so ihre Aufgabe. Psyche schläft nie. Psyche, der stille Wächter, ist ewig wach. Die Kreatur verschmäht zunächst ihre Liebe, weil sie überzeugt sein möchte, selbst unsterblich zu sein.

Die Kreatur möchte unsterblich sein, und muß doch sterben, denn sie ist vergänglich, wenn sie es auch zu vergessen sucht.
Am Tage des Übergangs vom Dasein zum Ursprung, von der Existenz zum wahren Leben verläßt Psyche ihr Gefängnis.
Neue Flügel sind ihr gewachsen.
Schillernde Farben, ähnlich und doch nicht gleich mit den vorhergehenden, schmücken sie.

Ihre Flügel ermöglichen den Aufflug zum Licht, und die schillernden Farben der Flügel mischen sich im Farbtaumel mit anderen schillernden Farben im Lichte der königlichen Gärten des unendlichen Raumes.
Psyches irdische Erfahrungen verschmelzen sich auf mystische Weise mit den gesammelten Erfahrungen aller anderen Seelen, im Reigen der Farben und im Rhythmus der himmlischen Harmonie. Sie tragen bei, die königlichen Gärten des unendlichen Raumes unentwegt zu vervollkommnen.

Dank Pegasus für eine Vision, die manches klären könnte, sollte sie sinnbildlich der Wahrheit entsprechen.

XV

DIE URQUELLE DES EWIG WAHREN

»Sieh' in dich hinein und du wirst die Quelle des wahren Glücks finden, und je tiefer du schaust, um so unerschöpflicher wird die Quelle sein.«

Marc Aurel

Theresa von Avila hat die geheime Kammer der Seele mit einem Schloß verglichen, das sieben kristallklare Gemächer umschließt.

Die orientalische Überlieferung spricht von sieben Pforten, die der Büßer durchschreiten muß, um die höchste Glückseligkeit zu erreichen.

Sieben ist eine geheimnisvolle Zahl. Wir werden auf sie zurückkommen, wollen aber vorerst bei der mystischen Erfahrung der berühmten Karmeliterin verbleiben.

Die heilige Theresa spricht von der Anziehungskraft der sieben Gemächer, die alle, bis zum letzten, erforscht werden sollen.

»Ihr müßt wissen«, sagt sie, »daß man auf sehr verschiedene Weise im Schlosse hausen kann. Sehr viele Seelen leben nur in der äußeren Einfriedung des Schlosses, in dem die Wächter wachen, die es beschützen. Viele Seelen betreten das Schloß gar niemals und kennen die Reichtümer nicht, die es birgt; auch nicht die Zahl seiner Gemächer.

»Wenn die Seelen endlich die nächstliegenden Gemächer betreten, nehmen sie allzuviele Schlangen mit sich.«

»Aus der Mitte des Schlosses«, schließt Theresa ihre Beschreibung, »strahlt die Lebenssonne ihr Licht aus in alle Gemächer.«

Alle Visionen sollten zwar verstanden, aber nicht gedeutet werden, so auch diese. Man kann jedoch feststellen, daß die mystische Erfahrung einer Nonne sich nicht von der des römischen Kaisers Marc Aurel unterscheidet.

Beide Erfahrungen entsprechen den Lehren der heiligen Bücher, sowohl der östlichen, wie der westlichen Tradition, denn die überweltlichen Offenbarungen spiegeln eine Wahrheit wider, die jeweils in verschiedener Form von den Veden, dem Buddhismus, dem Taoismus, der Kabbalah und den Evangelien übermittelt wurde. Demnach soll das menschliche Schicksal jedem die Gelegenheit geben, in der Erforschung der Vielfältigkeit zur Einheit zurückzukehren. Im Verständnis der überweltlichen Einheit alles Bestehenden, so auch der Menschlichkeit, erwächst wahre Brüderlichkeit und Nächstenliebe.

Wenn Liebe das Herz des Wissenschaftlers erfüllt, erkennt er die Einheit dessen, was er trennt, um es zu beobachten.

Wenn der Philosoph jede Theorie beiseite läßt, entdeckt er das kosmische Gesetz dieser Ureinheit, und wenn der Religionsforscher den von Theologen gewobenen Schleier lüftet, leuchtet die Einheit der Offenbarung jenseits aller Legenden auf, »Religion« wird sodann zum Sinnbild einer Verbrüderung, die schon in der Wurzel des Wortes inbegriffen ist, das auf lateinisch »religatio« Bindung bedeutet.

»Wisse«, sagt Marc Aurel, »daß alle Menschen für einander geboren wurden, und daß du nur einer bist unter vielen.«

Jeder Mensch wirkt als eine autonome Zelle des Ganzen, also der Menschheit und somit ist sein Schicksal mit dem der Ganzheit verwoben.

Wenn der Mensch die Erinnerungen all seiner Existenzen zusammenfassen und seine lange Entwicklung verfolgen könnte, würde er die Weisheit aller heiligen Schriften nicht nur erkennen, sondern auch im täglichen Dasein befolgen und beweisen.

Kommen wir auf die Vision der heiligen Theresa zurück! Wir müssen den tiefen Sinn der Zahl sieben, wie auch die Symbolik der Schlange verstehen, um sie zu begreifen.

Sieben ist eine geheimnisvolle Zahl. Sieben Tage gibt es in der Woche, sieben Farben hat das Spektrum, sieben Noten ergeben die Skala, sieben tägliche Gebete empfiehlt die Kirche, sieben fette und sieben magere Jahre folgen einander. Schneewittchen wird von sieben Zwergen behütet, und der siebente Himmel wird besonders von jungen Liebespaaren geschätzt. Warum immer wieder sieben?

Weil sieben die Dynamik des Lebens in der raum-zeitlichen Welt versinnbildlicht, weil sieben das Gesetz dieser Dynamik in seinem harmonischen Wirken offenbart, weil sieben die innewohnende Logik, Ausdruck der höchsten Intelligenz, veranschaulicht.

Um dies zu erfassen, muß man die Zahl als solche vergessen und in ihr nur das Urbild eines übermentalen Verständnisses sehen, ein Urbild, das Vorstellungskraft beansprucht. Man soll sich nämlich den Reigen der Zahlen als ein Ineinanderwirken der im Kosmos pulsierenden Energien vorstellen, Energien, die sich anziehen oder abstoßen, also sich im übertragenen Sinn als Wohlklang oder Mißklang auswirken.

Verglichen mit der Musik, kann analog verstanden werden, daß Harmonie auf jeder Ebene ein Wohlklang ist, der von einem bestimmten Ineinanderwirken der Schwingungsfrequenzen, von Energiewellen-Rhythmen würden unsere Vorväter sagen, hervorgerufen wird.

Somit kann man behaupten, daß Musik im Ineinanderschwingen der akustischen Wellen eine dem Ohr zugängliche esoterische Mathematik ausdrückt.

Analog entspricht die Harmonie im weltlichen Dasein einem Bewußtseinszustand, der im Anklang an die höchste Intelligenz sich in Raum und Zeit in jeder Handlung kundtut.

Die höchste Intelligenz ist das Ur-Eine, das Prinzip, das Göttliche. Es spiegelt sich als eine allem Bestehenden innewohnende Logik im raumzeitlichen Universum wider, eine Spiegelung, welche durch die Drei veranschaulicht wird. Drei ist das kosmische Gesetz, dem die Welt gehorcht.

Anders ausgedrückt heißt dies, daß die Dreifaltigkeit, die göttliche Triade, sich in den vier Himmelsrichtungen der raumzeitlichen Welt offenbart, also auf allen Ebenen des Daseins.

Dies ist die geheime Botschaft der Zahl sieben, die metaphysische Ehe des Unvergänglichen mit dem Vergänglichen. Die sieben geheimen Gemächer unseres Bewußtseins, unseres Unterbewußtseins und unseres Unbewußten enthalten somit alle Geheimnisse der Psyche, und diese zu erkennen führt zur großen Befreiung, zur himmlischen Erleuchtung, von der Theresa spricht.

Ja, wenn nur die Schlangen nicht wären, die man hineinbringt ins Schloß.

Was ist mit dieser Behauptung gemeint? Der Psychoanalyst erklärt, daß das kalte sich schlängelnde Tier die dunklen Impulse unseres Unterbewußtseins versinnbildlicht. Theresa von Avila dürfte eine ähnliche Vorstellung gehabt haben.

Aber wie alle Symbole, so hat auch das Schlangensymbol zwei Bedeutungen. Es gibt also auch eine gute Schlange.

Die Chaldäer hatten ein und dasselbe Wort für Leben und für Schlange. Dies ist verständlich, denn eine sich schlängelnde Schlange ist das Bild des lebenden Rhythmus. Auch ist ein Fluß, der sich schlängelt, ein Fluß, der befruchtet, also belebt. In Ägypten soll Isis, die Göttin der Mysterien der Natur, von einer Schlange eingeweiht worden sein, denn im Schoße der Erde lebend, hat sie diesem ihre Geheimnisse entlockt.

Der Uräus, Zeichen der höchsten Einweihung, der die Stirne aller ägyptischen Gottheiten, wie auch die Kopfbedeckung, den Pschent der Pharaonen schmückt, ist das Abbild der weiblichen Cobra. — Die Schlange, die sich in den Schwanz beißt, versinnbildlicht Anfang und Ende im Zyklus der Ewigkeit und auch die Verschmelzung der zwei Pole der raumzeitlichen Welt.

Die kosmische Feuerschlange, von den Indern Kundalini genannt, ruht nicht nur im Schoße der Erde, sondern versinnbildlicht den Lebensdynamismus überhaupt. Zu früh erweckt, wirkt sie zerstörend. Dies müßte sich der Mensch vor Augen halten, wenn er die Schätze der Erde ausbeutend, oder gar mit Atombomben spielend die unsichtbaren Nervenzentren der Erde verletzt, ungewahr, daß Erdbeben, Sintfluten und auch sonstige Katastrophen die Folge seines Unwissens sein könnten.

Ob die Schlange im Garten Eden die gute oder die böse war, muß jeder selbst entscheiden.

Für diejenigen, die an den Sündenfall glauben, war es die böse. Für diejenigen, die das große Abenteuer der menschlichen Erforschung der zweipoligen Welt begrüßen, in der Hoffnung auf dem initiatischen Weg zur Ureinheit zurückzufinden, nach Bereicherung ihres und somit des kosmischen Bewußtseins, war es die gute.

Jesus ermahnte in einem seiner Gespräche seine Jünger, so klug zu sein wie die Schlangen.

Jesus sprach die Sprache der ursprünglichen Überlieferung, die Sprache des Geistes. Auch möge man sich entsinnen, daß keltische Hohepriester sich gegenseitig als »Schlangen« anredeten, eine Bezeichnung, die der höchsten Einweihungsstufe entsprach.

Die Aufforderung der Theresa von Avila, die kristallklaren Gemächer unseres inneren Schlosses zu erkunden, hat uns über die Symbolik der Sieben zu der der Schlange geführt, und da dieses Tier in allen Traditionen diesseits und jenseits des Atlantik eine große

Rolle spielt, darf abschließend einerseits der gemeinsame Ursprung aller Traditionen und andererseits ihre Verschmelzung erkannt werden.

Als die drei weisen Magier zur Krippe des göttlichen Kindes Jesu kamen, bewahrheitete sich eine uralte Prophezeiung des persischen Weisen Zarathustra, nämlich, daß sich die westliche Offenbarung mit der östlichen verbinden würde. Diese Prophezeiung wurde auch bildlich vorausgesagt. Auf einer altsabinischen Himmelskugel, lange vor der Geburt Christi, ist eine himmlische Mutter abgebildet, die ein Kind im Arme trägt. Der auf der Himmelskugel ablesbare Zeitpunkt entspricht dem viel späteren Zeitpunkt der Geburt Christi. Was die drei Magier anbetrifft, sind sie symbolisch die Übermittler der keltischen Kenntnisse, der persischen Weisheit und der Magie des schwarzen Kontinents. Gaben, die sie dem Gotteskind überbrachten.

Der Mittelmeerraum war der Schmelztiegel der keltischen, israelitischen und griechischen Tradition, beeinflußt auch, trotz aller geographischen Grenzen, durch die zwischen Indus und Ganges aufblühende Zivilisation. So entstand eine neue Weltanschauung, die zuerst das griechische Wunder und später die Ausbreitung des Christentums ermöglichte.

Alles im Urchristentum ist griechisch. So das Wort »Katholikos«, wie auch alle Dogmen, die uns in griechischer Sprache übermittelt wurden.

Griechisch sind die Bezeichnungen der Mysterien, des Katechismus, der Priester, der Bischöfe, der Mönche und der Theologen.

Das Christentum wandelte die griechische Welt in die moderne um, und so wurde die neue Weltanschauung Gemeingut aller Menschen. Das Zodiakzeichen der Fische, das ein Kennzeichen der Neubekehrten war, ist nicht spezifisch christlich. Indische und babylonische Legenden benützten das Wort »Dag«, Fisch, um einen Messias zu bezeichnen, und diese Tatsache mag auch als Prophezeiung angesehen werden.

Die Brahmanen verbinden ihrerseits den Avatar Vishnu, einen der Götter ihrer Triade, mit einem Fisch der Sintflut.

Die Babylonier nannten ihren Messias Dagon, den Fischmann, da ja die Urwässer alles hervorgebracht haben sollen.

Die Wahrheit entspringt dem »Busen der Wogen«, sagt ein altes Sprichwort. Die Wogen des Ozeans bringen das leichte Boot, das unser Schicksal trägt, allzuoft zum Kentern.

Vishnu entnahm den Wogen die Veden, das heilige Buch der Inder. Hesiod und Homer nannten den Ozean »Vater der Götter«, und so ist die Symbolwelt der Menschheit ebenfalls Gemeingut aller und muß in dieser Erkenntnis als kosmische Tradition angesehen werden.

Das christliche Sinnbild der Taube ist ein anderes Beispiel.

Die Taube war das den Göttinnen Astarte und Kybele geweihte Tier, und Xenophon schreibt, daß in Syrien Tauben als heilig galten, lange bevor sich nach seiner Taufe eine Taube auf Jesus herabließ und Sinnbild des heiligen Geistes wurde.

So ist es nicht verwunderlich, daß die Mystiker aller Zeiten, wie auch die Weisen und Philosophen, die den Weg zur Erleuchtung vorzeichneten, einen Weg, den sie in ihrem übersinnlichen Bewußtsein durchschritten hatten, sich, wenn auch anderer Worte, so doch derselben Symbole bedienten.

Psychologen behaupten, daß das Unbewußte in der menschlichen Psyche sublimierte Eindrücke enthalte, die, wenn sie zum Bewußtsein kämen, das Wissen in ganz unglaublichem Maß vergrößern würden. Sinnbilder, tief im Unterbewußtsein eingekerbt, bringen diese Eindrücke zum Bewußtsein, wenn man in der Stille des Inneseins an ein Verständnis anklingt, das spontan emporquillt.

Mystiker, Weise und Psychologen sprechen zwar eine verschiedene Sprache, kommen aber zum selben Resultat: »Kenne dich selbst und du wirst das Universum und die Götter kennen«. Es ist dies der Schlüssel einer allumfassenden Einsicht einer übersinnlichen Wahrheit jenseits des Wissens, das nur ein Stützpunkt ist auf dem Wege zum Vater. — Jesus lehrte, daß jeder Mensch Kind des Vaters sei und somit fähig, zu ihm zurückzufinden. Seid vollkommen, mahnte er, wie euer himmlischer Vater vollkommen ist. Und die Gerechten werden scheinen wie die Sonne im Reiche des Vaters. — Wie die Lebenssonne der Theresa von Avila.

XVI

DIE MAGIE DES PENTAGRAMMS

> »Ich sah einen Mann, zurückgezogen auf einem dürren Feld, er war weder Ketzer noch rechtgläubig, er gehörte keiner Religion an, er hatte kein Vermögen, keinen Gott, keine Wahrheit, kein Gesetz und keine Sicherheit. Wer in dieser Welt hat solchen Mut?
>
> Omar Khayam

Die Art sich auszudrücken, sich zu bewegen, zu sprechen, zu gestikulieren, in einem Wort, die körperliche Haltung im Dasein, spiegelt den inneren Rhythmus wider, der, entsprechend einer mehr oder minder großen inneren Ausgeglichenheit als Ruhe, Angst, Hast, als schmerzvolles oder wohltuendes Gefühl empfunden wird.

Der innere Rhythmus ist einerseits von allen Instinkten und Wünschen und andererseits von einer dem Wesen entsprechenden Sehnsucht nach einer Erfüllung des nur Geahnten beeinflußt. Eine so entstehende Spannung kann nur im vollen Erkennen ihrer Ursachen überwunden werden. Im Innesein löst sie sich auf, weil der Entschluß, wahr zu sein im Dasein, alles ändert.

Die Weise dazusein in der Welt ist das Resultat vieler ineinanderwirkender Kräfte. —

Der Körper ist zwar in einem gewissen Ausmaß das Ergebnis ererbter Eigenschaften, die einer individuellen Entwicklung entsprechen, aber auch das Ergebnis aller bewußten oder unbewußten Impulse, die sich auf verschiedenen Ebenen geltend machen. Sie verursachen bisweilen physische, psychische oder geistige Gleichgewichtsstörungen, die einen Zustand der Unruhe, der Schlaffheit, ja sogar der Verlotterung hervorrufen, welcher in einer der menschlichen Würde nicht entsprechenden Haltung zum Ausdruck kommt. Nun ist die Rückwirkung einer körperlichen Haltung auf die Psyche eine Tatsache. Dies ist bedeutsam, denn, wenn wissentlich angewandt, kann durch gewollte Berichtigung der körperlichen Haltung eine Ausschaltung der psychischen Hemmungen erzielt werden.

Es ist erwiesen, daß eine Berichtigung sowohl der Sprache wie der Gebärden das innere Gleichgewicht stärkt, ja sogar wiederherstellt, was seinerseits die Gesamthaltung beeinflußt.

Dem inneren Gleichgewicht folgt ein entsprechender Gedankengang, und da jede Handlung einem Gedanken entspringt und von Gebärden sowohl unterstrichen wie verstärkt wird, erklärt sich die wohltuende Kraft der reinen Gebärde.

Sie leitet den Dynamismus des Lebens auf richtige Art, weil sie ein transzendentales Bewußtsein ausdrückt.

Ein Vater, der sein Kind segnet, ist in seiner Liebe der Kanal einer Energie, die er dem Kind zuleitet, und wenn das Herz des Kindes sich ihr öffnet, offenbart sich im Einklang beider das Ewig-Wahre.

Die reine Gebärde soll nicht mit der alltäglichen verwechselt werden. Die reine Gebärde ist Kanal wohltuender und heilsamer Energien überphysischer Natur und zwar umso besser, wenn sie im liebevollen Einklang wirkt.

Auch ist es erwiesen, daß das von Gebärden begleitete Wort eine verstärkte Wirkung hat, denn im Worte schwingt eine schöpferische oder zerstörende Dynamik, je nachdem das Wort positive oder negative Gedanken einflößt oder auslöst, die entsprechende Reaktionen nach sich ziehen.

Sobald das Wort, verstärkt durch die Gebärde, sich auf ein Symbol stützt, ist seine Wirkungskraft noch viel größer, und da die körperliche Haltung das Spiegelbild dieser Wirkungskräfte ist, kann folgerichtig ihre Bedeutung erkannt werden.

Die wohltuende Kraft der reinen Gebärde wird von der Hand geleitet. Die Hand des Menschen ist ein kleines Wunderwerk. Jeder Finger ist ein dreifach gegliederter Hebel, ausgenommen der Daumen, der, ungeachtet seiner Wurzel, nur zweifach gegliedert ist.

Der Mensch meistert seine physische Welt dank seiner Hände. Die gröbsten, wie auch die feinsten Arbeiten kann er mit ihnen ausführen. Jemandem eine hilfreiche Hand reichen, in einem Ereignis die Hand Gottes sehen, die segnende oder auch die mütterliche Hand sind tief im Volkstum wurzelnde Ausdrücke.

Die Hand des Menschen ist das Abbild seines Charakters, und die Chirologie ist eine Wissenschaft, die sich befleißigt, Merkmale, die zur Erkundung des Charakters führen, aus der Hand abzulesen.

In einem Tempel in Benares befindet sich ein bemerkenswertes Dokument, in dem die Gestaltung der Hand und ihre Beziehung zu astralen Energien beschrieben wird.

Da unser Herz im Takt des Lebens schlägt, soll es möglich sein, die Vitalität eines jeden durch einfaches Ansehen der Hände festzustellen, auch seine Eigenschaften, denn die Gestaltung der Finger, ihre Biegsamkeit und ihre Länge werden ihnen entsprechen.

Dem Dokument in Benares zufolge bedeutet ein ebenmäßiger Finger Geschicklichkeit, ein verknotetes Gelenk Behutsamkeit und Planmäßigkeit. Je nach der Art der Verknotung der Gelenke sei erkennbar, ob der Mensch einen auf irdische Dinge eingestellten Sinn, oder im Gegenteil eine philosophische Begabung habe.

Der Daumen entspräche immer der Willenskraft, da er der Regent der vier Finger sei, analog dem Kopf, der die vier Glieder beherrscht. In der hermetisch-kosmischen Tradition spielt, wie schon erwähnt, Analogie stets eine große Rolle, weil, analog gesehen, das Gesetz der Dynamik des Lebens sich auf allen Ebenen beobachten läßt.

Fünf Finger hat die Hand. — Die Zahl fünf versinnbildlicht den überragenden Rang des Logos, also des Gesetzes, dem alles Bestehende gehorcht. Auf griechisch heißt fünf Penta. In der Symbolik der Zahlenphilosophie illustriert das Pentagramm das Gesetz, das in den vier Windrichtungen der raumzeitlichen Welt überall zum Ausdruck kommt.

Aus diesem Grund wählte Pythagoras das Sternenpentagramm als geometrisches Sinnbild der kosmischen Harmonie in Raum und Zeit. Der Mensch, in der Vollkommenheit seiner Ebenmaße, fügt sich mit ausgestreckten Armen und gespreizten Beinen genauest in die Form des Pentagramms, des fünfzackigen Sternes, ein.

Der Stern in seinem funkelnden Licht ist ein Symbol der menschlichen Erkenntnis, und so veranschaulicht der Pentagramm-Stern das Gesetz, dem sowohl der Makrokosmos wie der Mikrokosmos untergeordnet sind.

Im Rahmen dieser Symbolik ist er das Kennzeichen des großen Werkes der Natur. Allerdings ein versiegeltes Kennzeichen. Jedes Siegel muß nämlich erbrochen werden, damit man vom Versiegelten Kenntnis nehmen kann.
Das Stern-Pentagramm ist demnach das Sinnbild der Geheimnisse der Natur. Eines dieser Geheimnisse ist das unsichtbare Kraftfeld, das alles Bestehende umgibt.
Die Wissenschaft unternimmt erst seit kurzem, die Gesetze dieses Kraftfeldes zu untersuchen. Es ist nicht unwahrscheinlich, daß zum Beispiel der Heiligenschein, der auf vielen Bildern den Kopf von Mystikern umgibt, diesem Kraftfeld zuzuschreiben ist und bei inbrünstigem Gebet oder während einer intensiven Meditation wirklich sichtbar wird.
Die Orientalen nennen ihn »Aura«.
Feinfühlige Menschen sehen ihn und behaupten, seine Farbe ändere sich im Rhythmus der psychischen Vorgänge.

Die wohltuende Wirkung der reinen Gebärde, vornehmlich beim esoterischen Heiler, ermöglicht, erleichtert oder verstärkt den harmonischen Einklang aller ineinanderwirkenden Energien und fördert somit das Auflösen unsichtbarer Verknotungen im Körper, welche sowohl psychische wie physische Störungen verursachen. Die Metaphysik der Zahlen soll zum Verständnis aller harmonischen oder unharmonischen Anklänge auch subtilster Energien auf allen Ebenen des Universums führen. Das Pentagramm ist eines der hauptsächlichen geometrischen Sinnbilder dieser Metaphysik und verdient somit besondere Beachtung.

Der Winkel im Zentrum des Pentagramms beträgt 72 Grad, eine Zahl, von der schon einmal die Rede war.

Rudolph Laban, ein Wiener Tanzmeister, der den rhythmischen Tanz als einen Weg zur inneren Reife betrachtete (seine Tanzinstitute bestehen heute noch in manchen Städten), stellte fest, daß der menschliche Körper in seiner Bewegung einen äußersten Winkel von 72 Grad beschreibt. Die Dynamik des Körpers fügt sich ganz selbstverständlich in die kosmische Ordnung ein und beweist die Übereinstimmung einer auf allen Ebenen gültigen Logik.

Es ist wohl richtig, zu behaupten, daß der Kosmos aus scheinbar unzusammenhängenden Elementen besteht, wie Sternen, Atomen, Farben, Tönen; doch ist es die Bewegung, also der Rhythmus, der diese Elemente verbindet und eint.

Wenn man in den Zahlen nicht nur mathematische Größen sieht, kann man in ihnen die gegenseitigen dynamischen Beziehungen aller Dinge erkennen, den Urgrund aller Bewegung.

Die Metaphysik der Zahlen ist eine Bildschrift, jedoch muß die Zahl als Ausdruck einer übersinnlichen Logik angesehen werden, die dank ihr erkannt werden kann.

Die Zahl fünf ist, mathematisch betrachtet, die Summe von 2 und 3. Symbolisch ist 2 die erstmögliche Zahl, denn Eins, die Einheit ist keine Zahl. Sie ist das Urprinzip. Zwei versinnbildlicht das passiv — Weibliche, das Gebärende, das dem aktiv — Männlichen Form verleiht.

Das Urprinzip in seiner Offenbarung ist — wie schon gesagt — die Triade. Die Triade, in ihrem auf Erden höchstmöglichen Ausdruck verkörpert, ist der Mensch und wird laut der Zahlenmetaphysik durch die Zahl fünf versinnbildlicht, nämlich 2 und 3.
Die Zahl fünf ist somit das Sinnzeichen für eine Harmonie, die sich in der Vollkommenheit des menschlichen Körpers erkennen läßt.

Die Verhältnisse des menschlichen Körpers entsprechen dem goldenen Schnitt, welchen die Natur bevorzugt, weil er, Ausdruck der höchsten Vernunft, die allerbeste Ausnutzung des Raumes und der Kräfte im Wachstum alles Lebenden ermöglicht.

Die Metaphysik der Zahlen veranschaulicht die Aufgabe des bewußten Menschen, im Rahmen des kosmischen Planes zu wirken, um die kosmische Harmonie auf der von ihm gewählten Ebene durch seine schöpferische Handlung kundzutun.

Ihm dies zu erleichtern, ist der Sinn der Initiation, also der Einweihung in die Geheimnisse des menschlichen Schicksals. —
Sieben Stufen zählten die Einweihungszeremonien, auch Mysterien genannt, sowohl in Ägypten wie in Griechenland.

Die erste war die der Läuterung.
Die zweite berechtigte den Zugelassenen, sich Eingeweihter zu nennen.
Die dritte erweckte ein intuitives globales Wahrnehmungsvermögen.
Die vierte löste die Sinnesbande auf und befähigte zur Leitung der Menschen.
Die fünfte entsprach der priesterlichen Weihe, Sinnbild eines philosophischen Priestertums.
Die sechste, die königliche, machte aus dem Eingeweihten einen Hierophanten, der den Göttern glich.

Die siebente, endlich, war die Erleuchtung, die Vereinigung mit dem All, also mit Gott.

Als man Sokrates frug, wie er Gott sähe, antwortete er:
»Unsterblich und ewig«.
Auf dieselbe Frage erwiderte Hermes:
»Er ist der Schöpfer des Universums, die vollkommene und höchste Intelligenz.«
Tales antwortete:
»Er ist der Ungezeugte«.

Eine Frage, drei Antworten, die das unvorstellbare Bewußtsein einer unfaßbaren Wirklichkeit zu umschreiben suchen.

Vom Pentagramm zum glückbringenden Amulett ist nur ein Schritt; unzählige solcher Amulette sind seit jeher im Umlauf, mit oder ohne Inschrift, mit oder ohne kabbalistische Figuren.
Es ist dies ein Beweis, wie stark im Unterbewußtsein die Dynamik gewisser Symbole wirkt, denn logisch kann man die Anziehungskraft des Pentagramms, die weitaus größer ist als alle anderen geometrischen Figuren, nicht erklären. Die Zahl fünf versinnbildlicht die Einigung der zwei Naturen, der männlichen aktiven und der weiblichen passiven, das Urprinzip in seiner höchstmöglichen Verkörperung in der zweipoligen Welt.

Pythagoras erhob das Pentagramm zum gnostischen Symbol und bezeichnete die Gnosis als die Wahrheit in ihrer Einheit.
Der fünfzackige Stern ist somit das Sinnbild des Genius im Menschen, die göttliche Triade in ihrer weltlichen Form.
Die Göttin Hygieia, Göttin der Gesundheit, wählte diesen Stern als ihr Attribut, weil Gesundheit und Ordnung ein und dasselbe sind. Ordnung ist Harmonie, und Krankheit ist der Ausdruck einer Störung dieser Harmonie.

Der Mensch, der sich mit waagerechten Armen und gespreizten Beinen ins Sternpentagramm hineinstellt, hat sein Geschlechtsorgan im genauen Zentrum eines um den Stern gezogenen Kreises.

Das Organ ist die genaue Mitte der oberen und unteren Hälfte seines Körpers, Beweis des harmonischen Ebenmasses seiner Glieder im Verhältnis zum Ganzen, Symbol auch der schöpferischen Kräfte im Zentrum des Universums.

Auch ist die Zahl fünf die Hälfte der Zahl der Vollkommenheit, nämlich der Zehn, und die Verschmelzung der zwei Naturen, die zu dieser Vollkommenheit führt, wird auf der irdischen Ebene durch die Einigung des Mannes und der Frau versinnbildlicht. Hände und Füße illustrieren in ihrer scheinbaren Gegensätzlichkeit und völligen Ergänzung die Fähigkeit, richtig da zu sein im Leben, aufrecht zu gehen und schöpferisch zu handeln. Abschließend mag gesagt werden, daß alles in dieser Welt seine Grenzen hat, außer der Vollkommenheit, der keine Grenzen gesetzt sind.

XVII

ILLUSION UND INITIATION

»Wir können nichts entgegen der Wahrheit, nur im
Sinne der Wahrheit« St. Paulus

Nebelschwaden hingen über der Landschaft, leichte Regenschauer folgten einander, kalt und grau war der Morgen. Im Gänsemarsch stieg eine kleine Zahl junger Menschen den sich windenden Pfad hinan. Er führte zum Gipfel eines sanften Hügels, nicht weit entfernt vom Heim einer Gemeinschaft, der die schweigende, vorwärtsschreitende Gruppe angehörte. Alle Teilnehmer, in Erwartung, einen bedeutenden Augenblick zu erleben, waren überzeugt, daß der Gipfel des Hügels der Ankerplatz einer hochentwickelten astralen Wesenheit sei, denn ein Hellseher hatte dies verlauten lassen.

Dieser Wesenheit helfen, das neue Zeitalter vorzubereiten, war die angestrebte erhebende Aufgabe aller Anwesenden, welche ihr Ziel am Gipfel des Hügels erreichten, geleitet von einem etwa dreißigjährigen jungen Mann, dessen Gang dem eines Schlafwandlers ähnelte. Um ihn formte sich ein Kreis, während er mit zurückgeworfenem Kopf und geschlossenen Augen unverständliche Worte vor sich hinmurmelte. Allmählich wurde sein Murmeln lauter: »Richard, dein Sohn ruft dich, Richard, antworte,« wiederholte er immer wieder, während alle Umstehenden mit geschlossenen Augen das Wunder erwarteten. Aus der Tasche seiner Leinenhose zog der »Sohn Richards« ein Fläschchen und mit einer weiteren Geste spritzte er Weihwasser in die vier Himmelsrichtungen, wie auch auf den heiligen Ort, eine vom Gras entblößte Stelle. Sodann kniete einer der Anwesenden nieder, um einen altertümlichen Ring, den er am Finger trug, gegen die Erde zu drücken, in der Absicht, diesen mit wohltuendem Fluidum zu laden. Der Reif war, das wußte jeder, weil vom Hellseher bestätigt, vorsintflutlicher Herkunft, in Atlantis vor dem Untergang des Kontinents geschmiedet.

Mit geschlossenen Augen standen die jungen Menschen, wortlos befangen, und der Sohn Richards sprach zu ihnen: »Brüder und Schwestern, meine Verbindung mit dem Avatar eines höheren Meisters macht aus mir den Kanal der Christusenergie. Wir sind hier vereint, um diese auszustrahlen in die Welt. Wir sind auserwählt, das neue Zeitalter auf diese Weise vorzubereiten, ein Zeitalter des Friedens und der Brüderlichkeit. Kniet nieder, küßt die Erde, meine Brüder und Schwestern, denn dies ist ein heiliger Ort.« Einer nach dem anderen folgten die Anwesenden diesem Geheiß. —

Humbug könnte man sagen und lächeln. Dies wäre verfehlt. Jedes Ritual, verstärkt durch guten Glauben, begleitet von Gebärden, ist ein Versuch, der Sehnsucht nach dem Übersinnlichen Ausdruck zu verleihen, und nichts ist schwieriger, als einer derartigen Befriedigung zu entsagen, besonders, wenn sie der guten Absicht entspringt, der Menschheit nutzbringend zu dienen.

In der Welt, und vornehmlich in der angelsächsischen, gründen sich Gemeinschaften, deren Absicht es ist, eine neue Gesellschaftsordnung zu schaffen. Es werden alte Bauten freiwillig und ohne jedwede lukrative Absicht wiederhergestellt, es werden verlassene Dörfer besiedelt, und es wird die Erde ohne Kunstdünger bestellt, um so einen Rückanschluß an die Natur zu finden.

Der Versuch, in neuer Weise Brüderlichkeit zu üben und die Früchte seiner Arbeit mit anderen zu teilen, entspringt dem Bedürfnis, eine Zivilisation ins Leben zu rufen, in welcher jeder — in freier Wahl — den Weg seiner eigenen Entfaltung beschreiten kann.
Diese Sehnsucht, die die heutige Jugend auf ganz konkrete Weise offenbaren will, ist ausschlaggebend für das neue Zeitalter, das nur so und nur so vorbereitet werden kann.

Dies ist auf viel mehr als auf eine nur vorübergehende Begeisterung zurückzuführen, denn der Wunsch, ja das Streben eines Großteils der heutigen Jugend ist bedeutsam, weil sie hofft, das Beste aus sich selbst herauszuholen.

Alles, was diesen Wunsch und dieses Streben nicht nur hemmt, sondern auf falsche Wege leitet, ist somit zu verurteilen.

Ein Problem unserer Zeit ist das Überhandnehmen von Zeremonien erdichteter Art, wie auch die wachsende Anzahl derer, die angeben, in Lama-Klöstern, Hindu-Ashrams, Zen-Zentren und sonstigen geistigen Gemeinschaften eingeweiht worden zu sein, um im Abendland zu lehren. Der Wunsch, das Beste aus sich selbst herauszuholen, hat als Folge das Beiseiteschieben der kritischen Einstellung, weil die Befriedigung, ein Auserwählter zu sein, ein Privileg ist, das man seinen Fähigkeiten zuschreibt, und die man dementsprechend als ausschlaggebend annimmt.

Christusenergien in die Welt zu strahlen, oder besser gesagt sich einbilden, dies zu tun, wird als Handlung größter Bedeutung geschätzt, umsomehr, als der notwendige Energieaufwand in keinem Verhältnis zu dem der Menschheit angeblich geleisteten Dienst steht. Diese Tatsache löst sogleich eine neuerliche Befriedigung aus, nämlich brüderlich zu handeln.

Doch was ist besser? Sich den zerstörenden Kräften anheimgeben oder den — wenn auch noch nicht gemeisterten — angeblich höheren?
Die Antwort ist schwierig.
Im ersteren Falle handelt es sich um eine Wahl und demnach um ein Annehmen der daraus folgenden Verantwortung. Im zweiten Fall handelt es sich um eine Illusion, durch welche man stecken bleibt, während man sich einbildet, fortzuschreiten. Und ein Auserwählter zu sein, ist ein Privileg, das man schätzt.

Nun könnte man einwenden, daß die Tendenz in der heutigen Zeit ist, alle Privilegien abzubauen und eine einheitliche Menschheit zu schaffen. Soziologen, Politiker, Professoren, Syndikalisten rühmen die Gleichstellung aller, ohne Rücksicht auf die sehr verschiedenen Fähigkeiten, die den einzelnen von jedem anderen unterscheiden. Die Idee eines persönlichen Verdienstes, also eines Privilegs, ist jedoch so felsenfest verankert in der Psyche des Menschen, daß man sich nur wundern kann über Theorien, die diesem Gesetz der Natur widersprechen.

Sich dieser Tatsache zu verschließen, ist ein Merkmal vieler Theoretiker, aber ändert nichts an der Sinnlosigkeit, in der Schule, auf der Universität, im Berufsleben eine Gleichschaltung anzustreben, welche die Mutigen entmutigt, Neigungen zerstört und Initiativen bremst, da Einförmigkeit dem Gesetz des Lebens zuwiderläuft.

Die Natur, die weder gut noch schlecht ist, sucht in der Auswahl der Tier- und Pflanzenarten wie auch der Rassen eine Vielfältigkeit zu fördern, welche die Anpassungsmöglichkeiten entwickelt. Der Mensch kann diesem Prüfstein nicht aus dem Weg gehen. Im Gegenteil! Im Verständnis dieses Gesetzes sollte er sich bemüßigen, eine Gemeinschaft zu erdenken, in welcher jeder auf angemessene Weise seine Fähigkeiten auf den verschiedensten Ebenen entfalten könnte.

Das neue Zeitalter wird sich entsprechend dem heutigen Verständnis entwickeln, und sein Zivilisation sollte die eines freien Fortschrittes sein.

Ins Unterbewußtsein des Menschen ist so manches Unumstößliche eingekerbt.

So kann man feststellen, daß die heftigsten Gegner der bestehenden Gesellschaftsordnung, jene, welche die Gleichschaltung als unbedingt wünschenswertes Endziel der Menschheit betrachten, die eifrigsten sind, den Anschluß an Gruppen zu suchen, die sich z. B. dem Okkultismus widmen. Sie handeln unbewußt in der Überzeugung, reif zu sein, dies zu können, und somit fortschrittlicher zu sein als der Durchschnitt, also ihr Privileg zu verdienen.

Groß ist die Genugtuung, die man empfindet, aber hinter ihr versteckt sich jene menschliche Schwäche, die einen veranlaßt, unbefriedigenden Zuständen aus dem Wege zu gehen, sie womöglich anderen anzulasten und diese zum Sündenbock zu machen. Auf die Erkenntnis der eigenen Wirklichkeit verzichtend, verfällt man der Versuchung, geheime Kräfte anzusprechen, von denen man die Erfüllung seiner uneingestandenen Wünsche ersehnt. Man flieht kopfüber in einen Himmel, den man von mächtigen Wesenheiten bewohnt glaubt, die einen unterstützen, weil man sich ihnen anheim gibt. Auch ist es befriedigend, überzeugt zu sein, sich dem Wohle der Menschheit zu widmen, ohne allzu große Anstrengungen zu machen. Man gibt sich einem Traum hin, und der nach Selbstbestätigung strebende Mensch sucht Fühlung zu nehmen mit einer hohen Intelligenz. Man schließt sich einer Gruppe an, deren Leiter zu Recht oder Unrecht behauptet, dies zu ermöglichen und ist bedacht, alles, was Zweifel hervorrufen könnte, beiseite zu schieben, um seinen Glauben nicht ins Wanken zu bringen. Nun bedingt der Weg zur inneren Reife die Annahme der ungeschminkten Wirklichkeit. Genugtuung dort zu suchen, wo man vermeint, sie zu finden, führt in eine Sackgasse. Sich verbunden zu glauben mit einer hohen Intelligenz, bleibt ein Glaube, solange man die Fähigkeiten nicht entwickelt hat, selbst anzuklingen an den Rhythmus einer Schwingung, die von ihr ausgeht.

Um dies zu erreichen, darf man nicht mit Maya, der großen Illusion spielen, also nicht mit den Begriffen eines Selbstbetruges. Mit gekreuzten Beinen im Tale des Berges sitzend, kann die Einbildung jedoch den Aufstieg nicht vollbringen.

Wenn dies der Fall wäre, würde ja Einbildung die Selbstbefriedigung aufs Höchste steigern, und man könnte sich dann einer Meisterschaft rühmen, die ohne jede Schwierigkeit erreicht wurde, was jede Einsicht verhindert.

Ein Meister des Zen erklärte seinen Schülern, daß wenn es genüge, sich mit gekreuzten Beinen hinzusetzen, alle Frösche Buddhas wären.

Um das Warum der eigenen Unzufriedenheit zu erkennen, um den Mechanismus der Gedanken zu erfassen, die zur Einbildung führen, muß man Wachsamkeit üben. Nur sie öffnet den Weg zur inneren Reife. Wachsamkeit ist klare Erkenntnis der Gründe jeder Unzufriedenheit und auch der unterbewußten List, ihr auszuweichen.

Ob es sich um eine unbestimmte Angst handelt, ob es eine Sehnsucht, eine Enttäuschung oder irgend ein anderer Grund ist, der Unzufriedenheit hervorruft, darf man nicht der Lockung verfallen, nach vorwärts zu fliehen, sei es in die Religion, zum Okkultismus, zu den Drogen oder zu anderen Mitteln, denn die Einbildung, das Träumen, die Neugierde, der Wunsch nach Einfluß, kann im besten Falle, wenn unterdrückt und nicht erkannt, in einem Fiasko enden, und im schlimmsten, in einer Katastrophe.

Die Anziehungskraft der Welt des Unsichtbaren ist verständlicherweise groß. Es handelt sich also darum, die Trugbilder aufzulösen, welche beim Fehlen einer wahren Einsicht zu Handlungen verleiten, die gefährlich sein können. Einerseits, weil sie die Trugbilder verstärken und den Fortschritt hindern, andererseits, weil der Anklang an astrale Wesenheiten unvorhersehbare Folgen nach sich ziehen kann.

Um jedes Trugbild und jeden Trugschluß zu vermeiden, um den Pfad der Initiation zu betreten, welcher die Erkundung der Welt des Unsichtbaren, also des Okkulten, ohne Gefahr ermöglicht, ist es notwendig, sich von jeder Erinnerung des Gelesenen zu befreien und sich aller Ratschläge zu entledigen, die angeblich nur Auserwählten zugedacht sind.

Man muß auf sein Gedächtnis verzichten, um zu erkennen, was ist. Nur wenn man seinen inneren Rhythmus von allen mentalen Einflüssen befreit, ohne an schädliche, tief astrale Gedankenformen anzuklingen, ist man in der Lage, feinste Schwingungen aufzunehmen.

Man öffnet sich nicht der Erkenntnis in der Weise, wie man eine Lektion lernt. Die Bereitschaft des Geistes und des Herzens steht über einer nur intellektuellen Bereitschaft, denn sie entspringt einer Fähigkeit, transzendentale Impulse zu empfangen, ohne sich in der Meinung, richtig zu handeln, durch eine falsche Auslegung irreleiten zu lassen.

Jede Illusion ist ein Schleier, der das Wesentliche verdeckt, und somit das Resultat eines Nicht-Verstehens. Es führt zur Unzufriedenheit, der man entrinnen will, indem man sich selbst überzeugt, zum Beispiel heroisch zu handeln im Entschluß, alles liegen zu lassen, nach Katmandou zu reisen oder ein Liebesverhältnis abzubrechen, weil sowieso das ganze Erdendasein sinnlos sei.

Man tut seinen Nächsten weh, sieht in der Wehmut derer, die man verletzt, das Spiegelbild seiner eigenen Verwundbarkeit und findet so den Balsam eines geteilten Leides. Man übersieht seine egozentrische Einstellung in der wohligen Überzeugung, ein Opfer seiner Umwelt zu sein, deren Feindseligkeit alle Schuld trüge. Man gesteht sich nicht ein, daß man diesen Zustand unbewußt pflegt, indem man sich von der Umwelt absondert, im Selbstbetrug, sie verbessern zu wollen, ohne bei sich selbst anzufangen.

Um dem angeblich Sinnlosen zu entgehen, sucht man einen Meister. Nun sagt ein orientalischer Spruch, daß jeder Schüler den Lehrer bekäme, den er verdient. Man sollte diesen Spruch meditieren, denn die Wahl des eigenen Weges ist der Verantwortung eines jeden überlassen.

Ohne klare Einsicht einem Pseudolehrer folgen oder an gewissen Übungen teilnehmen, weil sie anziehend erscheinen und uneingestandenen Machtwünschen entsprechen, zieht eine doppelte Verantwortung nach sich.

Gegenüber sich selbst, weil man seine Illusion fördert, und gegenüber anderen, weil man das widerrechtliche Ansehen eines falschen Lehrers stärkt, was ihm ermöglicht, Leichtgläubigkeit auszunützen und neue Anhänger seinem Einfluß zu unterwerfen. Einem falschen Lehrer folgen ist eine Gefahr, die sich sowohl auf moralisch sichtbarer, wie auch auf okkult-verborgener Ebene auswirkt. Auf letzterer ist sie oftmals größer, eben weil sie nicht offensichtlich ist.

Okkulte Kräfte existieren. Sie mögen sein, was sie sind, aber sie können sich als gefahrbringende Energien offenbaren, wenn man sie weder richtig erkennt noch meistert. Menschen, die solche Kräfte in vorbestimmte Bahnen leiten können, um vorhersehbare Folgen zu bewirken, sollten, im Rahmen ihrer Entwicklung, ausschließlich dem Wohle der Menschheit dienen.

Diejenigen, die in diesem Verständnis wahre Brüderlichkeit üben, schreiten auf dem rechten Pfad.

Es gibt jedoch auch einen linken Pfad. Man nennt ihn so, weil Einsicht, Erkenntnis und Innesein Fähigkeiten entwickeln, die man auch zu seinem eigenen Vorteil verwenden kann.

Statt im Sinne des kosmischen Planes das Gemeinwohl zu fördern, wird man auf dem Wege der Erleuchtung, also der inneren Reife, verführt, Macht und Ansehen anzustreben.

Auf dem linken Pfad kann es geschehen, daß der Schüler von einem abwegigen Meister wissentlich, um eines persönlichen oder kollektiven Vorteils willen, angeleitet wird, seiner menschlichen Würde zu entsagen und seine vitalen Kräfte zu mißbrauchen.

Wirrnis vergrößern, Fanatismus entfesseln und unnötig komplizierte Übungen vorschreiben, entspricht dem Wirkungskreis sogenannter schwarzer Magier, die man häufiger antrifft als der Skeptiker glaubt.

Wachsamkeit ist die Parole. Sie führt zum Sich-bewußtwerden seiner uneingestandenen Faulheit und seiner uneingestandenen Beweggründe. Den Selbstbetrug erkennend, entgeht man den Wirkungskräften schwarzer Magier.

Das Gegenteil ist der Fall, wenn man sich an Übungen meditativer und ritueller Art beteiligt. Man erfreut sich zwar einer gewissen Macht, aber nur auf Kosten seines Urteilsvermögens. Man wird der Kanal aktiver, nicht immer makellos reiner Energien, im guten Glauben, das große Mysterium zu erforschen.
Dies vermeiden, heißt erkennen, daß Einbildung und Einweihung zwei grundverschiedene Begriffe sind.

Sie zu verwechseln, führt unweigerlich zu Enttäuschung und kann als Folgeerscheinung Krankheiten und psychische Störungen nach sich ziehen.

Sich klar werden selbst über die verstecktesten Gründe seines Betragens, also auch solcher, die durch Einbildung beeinflußt wurden, enthüllt gewollte oder ungewollte Abweichungen vom rechten Weg. Diese festzustellen ist nicht so einfach wie man meinen könnte. Übereifer oder Trägheit oder Unausgeglichenheit sind Antriebe, die man sich nicht gerne eingesteht. Einbildung, die der Befriedigung dient, ist schwer überwindbar. Angezogen von gewissen Ritualen oder Übungen wie auch von der Parapsychologie, weiß man nicht, daß Wirkungskräfte am Werke sind, die Gedanken in die Psyche, vor allem wankelmütiger Menschen, induzieren, denen dann absurde Handlungen folgen.

Nur im Ausschalten des Intellekts, ohne jedes Streben nach einem Resultat kann man die feinsten Schwingungen der hohen Astralwelt empfinden und intuitiv Botschaften transzendentaler Natur wahrnehmen.

Sich mit solchen Wahrnehmungen brüsten, insbesondere um Einfluß zu gewinnen, bricht sofort jede Verbindung ab. Zu erkennen, daß man Resultate sucht oder daß man Einfluß gewinnen will, ist auf dem Wege zur inneren Reife umso schwieriger, als man befürchtet, allzu langsam fortzuschreiten, und demnach die Selbstbeobachtung vernachlässigt, insbesondere, wenn man bereits eine gewisse Stufe der Vergeistigung erreicht hat.

Sogar der unbewußte Hang, Einfluß auszuüben, ist schon ein Schritt auf dem linken Pfad.

Ohne Innesein bleibt Einweihung ein leeres Wort. Innesein ohne Wachsamkeit ist unerreichbar.

Wachsamkeit führt zu einer physischen, psychischen und geistigen Gelassenheit. Man sucht kein Resultat zu erreichen, man ist spannungsfrei und auch körperlich in richtiger Weise da.

Man ist sich einer höheren Wirklichkeit bewußt, obwohl man sie nicht beobachten oder berühren kann.

Sie ist das unantastbare, unsichtbare, kosmische Gesetz, dem die vergänglichen Formen der Welt gehorchen.

XVIII

DAS HEILIG-UNANTASTBARE

»Das Schicksal verleiht den Menschen auch den Mut,
es zu ertragen«.
                                                   Homer

Was ist es, das die Menschen anregt, ein Ergebnis anzustreben, ein Ziel zu erreichen, den Wettbewerb zu schätzen, sich demzufolge zu einem nie endenden Ringen zu verurteilen?

Die Antwort ist um so verwickelter, als viele Umstände mitspielen, das Dasein zu einem Wettrennen zu machen, in dem jeder Sieger sein möchte.

Die Angst, Besitz zu verlieren, der Wunsch nach Macht, der Wille, ernstgenommen zu werden, sind Beispiele für solche Umstände. Vielleicht hofft man einen zu engen Rahmen zu sprengen, einen Traum zu verwirklichen oder einen außergewöhnlichen Aufschwung zu nehmen.

Das Streben nach Erfolgen, welche, sobald errungen, das Streben nach neuen Erfolgen anfeuern, führt niemals zum Glück.

Ist es möglich, diesen Kreislauf zu unterbrechen, ohne das Ergebnis dieser Unterbrechung anzustreben? Ist es möglich, einen Bewußtseinszustand zu erreichen, in welchem falsche Begriffe von einem abfallen dank einem Verständnis, das sich von Augenblick zu Augenblick erneuert, ohne vom Wissen beeinflußt zu werden?

Damit ist keineswegs gemeint, man solle das Wissen verschmähen.

Wissen kann immer wieder intuitiv Erkanntes bestätigen, und die Zustimmung der Vernunft zum spontan Verstandenen ist unerläßlich.

Wissen ist jedoch jeweils begrenzt und veränderlich. Der Begriff eines Besitzes ist in ihm eingeschlossen: man besitzt eine Sprache, man hat Möglichkeiten und besitzt Macht.

Wissen trennt, denn um zu beobachten, ist Teilung dessen, was beobachtet wird, unvermeidlich.

Verständnis dagegen ist grenzenlos wie die Bewegung des Lebens selbst und kann im Nu die Beziehungen enthüllen, die alles mit allem verbinden.

Gedanken, die diesem Verstehen entspringen, entspringen dem Geist des Menschen und befreien ihn von Vorurteilen. Ebenso von falscher Demut, die er pflegt, weil er glaubt, daß eine gewollte Unterwürfigkeit gegenüber einer höheren Instanz ihn einerseits schützt, andererseits von Sünden freispricht.

Falsche Demut zieht falsche Biederkeit wie auch falsche Sittsamkeit nach sich sowie Rechtfertigung von Handlungen, deren Grund nicht mit dem angeblichen übereinstimmt.

Selbstverständlich ist es völlig falsch, mehr sein zu wollen als man ist. Dagegen ist es richtig, das zu sein, was man ist, aber auch nicht weniger. Die heftige Verurteilung jeder Scheinheiligkeit durch die heranwachsende Generation, die sie einer religiösen Moral zuschreibt, hat die Meinung hervorgerufen, daß für diese Generation Gott gestorben sei. Dies ist keineswegs der Fall.

Das Heilig-Unantastbare entspricht einem tief in der Psyche des Menschen eingewurzelten Bedürfnis und kann nicht untergehen. In der heutigen Zeit drückt es sich manchmal auf unerwartete Weise aus.

Man will der Widersinnigkeit der Welt entgehen und nimmt in dieser Absicht Drogen, man schätzt Filme oder Theaterstücke einer sogenannten Pseudo-Kunst, man wendet Meditations-Methoden an, speziell wenn sie von rhythmisch gesprochenen Worten oder Sprüchen begleitet sind, weil sie ein Anderswo hervorzaubern sollen. Die quasi-mystische Bewunderung von Sporthelden zeigt das Bedürfnis nach dem Wunderbaren, nach dem Ersehnten, das unerreichbar dennoch erreicht werden möchte.

Es ist zwar augenscheinlich, daß die Anhänger traditioneller Religionen zahlenmäßig zurückgehen, auch daß Klöster und Priesterseminare sich leeren; gleichzeitg jedoch füllen sich Zen-Zentren und bilden sich um »Gurus« para-religiöse Gemeinschaften; Lamas und geistige Lehrer finden eine immer größer werdende Anhängerschaft. Indische und tibetanische Riten stehen in hohem Ansehen, und die Tatsache kann nicht geleugnet werden, daß geistige Strömungen sich im Abendland eines immer breiter werdenden Anklanges erfreuen. Alte Überlieferungen werden neu entdeckt. Yoga wird geübt, und zwar nicht nur als exotische Gymnastik, sondern als Weg zur Erkenntnis. Heilige Bücher der Inder, die Upanishad und die Bagavad Gita, werden gelesen und man reist in den fernen Osten, um »Ashrams« zu besuchen und dort längere Zeit zu verweilen.
Man vernachlässigt die herkömmliche Liturgie, schließt sich aber aus Reaktion gegen das Althergebrachte »Freiheitskämpfern« aller Tendenzen an, ohne sich bewußt zu sein, daß der tief versteckte Grund gewalttätigen Betragens eine metaphysische Sehnsucht ist, die, mißverstanden, sich in Fanatismus und Nihilismus verwandelt.
Der Hang, sich Buddha, Krishna oder Jesus hinzugeben, entspricht einer unbefriedigten Suche, wenn auch ihre Ausdrucksform der herkömmlichen nicht entspricht.

Mystik hat jedoch für manche eine befreiende Wirkung; von anderen wird diese Wirkung in der Zurückgezogenheit gesucht. Diese wird mehr und mehr in Klöstern und Gemeinschaften, manchmal über lange Perioden gepflogen, denn die Hoffnung, Antwort zu finden auf wesentliche Fragen, ist groß, und der Drang zu verstehen, gebieterisch.

Der Drang zum »Unantastbaren« zum »Wesentlichen« ist es, der Gruppendynamik so anziehend macht, speziell wenn sie mit gewissen rituellen Übungen verbunden ist. Dies ist erklärlich, weil jedes Ritual sich auf heilige Symbole stützt, welche im Unterbewußtsein des Menschen einen stets lebendigen Widerhall finden.

Im Rahmen ritueller Übungen, wenn diese einer authentischen Überlieferung entsprechen, empfindet man häufig einen tiefen Frieden und eine innere Gelassenheit im Einklang des persönlichen Rhythmus mit dem der Symbolwelt.

Diese ist beim Abendländer nicht die gleiche wie beim Morgenländer, ein Faktum, das nicht übersehen werden sollte.
Viele Kirchenbesucher fordern heutzutage eine Rückkehr zur Magie der katholischen Messe und bedauern lebhaft die Abschaffung der gregorianischen Gesänge. Der Gebrauch der Landessprache an Stelle des Lateins wird beanstandet aus Sehnsucht, den Widerhall einer transzendentalen Harmonie zu verspüren, auch wenn man die Worte nicht versteht, die sie vermittelt.

Das Unterbewußtsein des Menschen enthält unerkannte Eindrücke, die ein langwährender Fortschritt ihm aufprägte. Man hat Versuche angestellt, um die im Unterbewußtsein eingezeichneten Schemen zu erkunden. So verabreichte man Freiwilligen die Droge L.S.D. und stellte mit Verblüffung fest, daß die meisten Beschreibungen des unter dem Einfluß der Droge Geschauten initiatische Riten, initiatische Tänze und Todes- und Auferstehungs-Sequenzen betrafen, von denen im Normalzustand keiner der Freiwilligen eine Ahnung hatte.

Weniger häufig und beschränkt auf Personen, die schon vorher Interesse an geistigen Problemen zeigten, sind Beschreibungen von »Befreiung und Verschmelzung« im großen All.

Die Anziehungskraft der Drogen ist teilweise darauf zurückzuführen, daß die in den Ganglien des Nervensystems gespeicherten vitalen Kräfte bei deren Benutzung in die meistentwickelten Zentren einfließen und somit die Empfindungsfähigkeit dieser Zentren stärken. Ein Musiker wird in Musik schwelgen, ein Wüstling in sexuellem Überschwang. Deshalb auch die anscheinend widersprüchlichen Beschreibungen der Drogen und ihrer Wirkungen.

Natürlich kommt der Rückschlag: die den Ganglien entzogenen vitalen Kräfte fehlen plötzlich, und man fühlt sich elend.

Drogen sind demnach keine Kraftspender, sondern Mittel, die Lebenskräfte im Überschwang kurzfristig zu stimulieren.

Die Tiefe der Verwurzelung des Heilig-Unantastbaren in der Psyche des Menschen zeigen Sätze wie: »Mein Körper war beseelt im Einklang des kosmischen Rhythmus« oder »Die Ewigkeit verschluckte die Pforten der Zeit«.

Viele solche Beispiele könnte man zitieren, aber es soll hier nur festgestellt werden, daß der Drang nach einem »zurück zum Ursprung« groß ist in einer Epoche, die in ihrer materialistischen Einstellung Leistungsfähigkeit und Macht als Hauptziel ansieht. Versuche, die Geheimnisse der Psyche zu erkunden, werden von Medizinalinstituten aller Länder durchgeführt, doch nicht um den Menschen zu tiefem Frieden zu verhelfen, sondern um kriegerische Handlungen vorzubereiten.

Mittel und Wege zu finden, die menschliche Psyche zu vergewaltigen. ist mancherorts eine Suche, die mit Eifer betrieben wird. Geheimdienste verschiedener Nationen möchten imstande sein, Gedächnisverluste zu bewirken, um Agenten den Verrat zu erschweren. Die Schranken des Willens zu zerschlagen, um einem Gehirn seine Geheimnisse zu entreißen oder auch um trotz des Sträubens eines Widerwilligen dessen Gedanken zu programmieren und ihn zu Handlungen zu verleiten, die er normalerweise ablehnen würde, scheint möglich. Solche »Errungenschaften« sind Kennzeichen des Wahns der Menschheit, die sich der Wissenschaft bedient, um sich selbst zu zerstören. Ergebnisse anzustreben, die im besten Falle nur vorübergehend Resultate zeitigen, führten somit zu äußerst gefährlichen Experimenten.

Im Gegensatz hierzu entspricht die Suche nach dem Heiligen wie auch nach dem Wunderbaren der zweifachen Natur des Menschen, der physischen und der geistigen, der irdischen und der himmlischen. Treu sein dem, was man ist, in dem, was man tut, ist menschliche Aufgabe. Kann man dieser nachkommen, auch wenn man unfähig ist, seine Aufgabe zu erkennen? Wir wissen nicht, so klagen viele, was wir auf der Erde sollen. Wir sind uns keiner Berufung bewußt und irren verloren umher. Solche Klagen und andere mehr, zeugen von Unsicherheit und Angst. Die ihnen entsprechende Entmutigung wird allein durch das Erwachen beseitigt, das dem wahren Verstehen folgt.

Im Erwachen findet eine wesentliche Umwandlung des Menschen statt, die zu einem harmonischen Ausgleich der instinktiven und geistigen Energien führt, welch letztere aus dem Innersten aufwallen, um sich mit den Elementarkräften der Kreatur zu verschmelzen. Das Dasein ändert sich mit einem Schlag. Freundschaftsbeziehungen sowie die Beziehungen innerhalb der Familie nehmen neue Formen an. Die bisherigen Vergleichswerte verlieren ihre Bedeutung. Wissen und Erkenntnis werden nicht mehr verwechselt. Man entledigt sich falscher Verpflichtungen und nimmt seine Verantwortung voll an. Man erkennt, ohne ihr zu verfallen, die Anziehungskraft der Macht und falscher bisheriger Ideale, die nur einer Einbildung entsprechen. Kurz, man gibt unwahre Begriffe auf.

Der hierzu Unfähige greift zu entgegengesetzten Mitteln. Er tritt aus Ehrgeiz einer angeblich feindlichen Welt entgegen oder kehrt ihr gänzlich den Rücken. Gleichgültigkeit vorgebend zieht er sich von allem zurück, überzeugt, so und nicht anders Frieden und Ruhe zu finden. Er ist innerlich zerrissen, ohne es zugeben zu wollen. Eines Tages kommt der psychologische oder physische Zusammenbruch, und alles scheint verloren. Man empört sich, stemmt sich dagegen, statt den wahren Grund zu erkennen. Man leugnet jede höhere Instanz und in seiner Empörung ist man sogar fähig zu töten.

In der Unkenntnis einer fundamentalen Umwandlung geht man, seine menschliche Aufgabe verfehlend, am Glück vorbei.

Wie kann ich glücklich sein, mag vielleicht dieser oder jener ausrufen. Ich habe es versucht. Ich habe Bücher gelesen, ich habe Vorträge angehört, ich bin Mitglied geistiger Vereine und kenne so manche Überlieferung. Ich bin mit allem einverstanden und bin doch keineswegs glücklich.

Auch suche ich einen geistigen Lehrer, der mir den Schlüssel zum Glück geben könnte, finde ihn jedoch nicht. Ich bin völlig im Dunkeln, obwohl ich alles tue, um zu einem Ergebnis zu kommen.

Es ist nicht leicht begreiflich zu machen, daß die geistige Suche, die bewußt und willentlich eine Ergebnis anstrebt, zum Scheitern verurteilt ist. Auch nicht, daß Geistigkeit eine Askese bedingt, durch welche alle Schranken aufgelöst werden, die das Wesentliche hemmen.

Um zur Geistigkeit zu gelangen, muß man seine Gedankenwelt meistern, muß man die wahren Ursachen erkennen, die sie beeinflussen. Darum muß man auch die versteckten Triebfedern, besonders jene, die Befriedigung vortäuschen, beleuchten, um jeder Illusion zu entgehen.

Man darf sich nichts vormachen, keinerlei Rechtfertigung erfinden, sich nicht fragen, wie ein Außenstehender dies oder jenes beurteilen würde, und keine Nachgiebigkeit sich selbst gegenüber zeigen.

Um dies zu können darf man nicht vergessen, daß das »Wesentliche« jedem physischen Körper innewohnt. Jeder Gedanke ist das Resultat verschiedenster Einflüsse, Impulse, Sehnsüchte, und nur im Erforschen dieser Einflüsse kann man den Gedanken-Mechanismus meistern. Man muß Stille üben in einer Geistesgegenwärtigkeit, die zur Wandlung führt, durch welche man sozusagen neu geboren wird.

Diese Neugeburt bringt wahres Verständnis. Man versteht nicht durch Gelehrsamkeit, auch nicht durch Erörterungen irgendwelcher Art. Man versteht nicht, indem man Einwendungen herausfordert, um unter der angenehmen Feststellung seiner geistigen Überlegenheit mit seinem Intellekt zu glänzen. Verständnis ist Verbundenheit, somit ein Ausdruck der Liebe.

Verständnis bedingt Wachsein, denn nur wenn man sich selbst versteht, versteht man sein Gegenüber und seine Umgebung. Man ist deswegen nicht vernünftiger, aber man ist vernünftiger vermittels der Gesamtvernunft, die einem dann zur Verfügung steht. Man erkennt, was hinderlich ist und läßt seine Gewohnheiten wie auch seine vom Gedächtnis beeinflußten Meinungen los, um völlig verbunden zu sein mit der Welt.

Dies ist der Sinn des initiatischen Weges, der zur Neugeburt und demnach zur Erkenntnis seines Schicksals und des Warum seines Daseins führt.

Durch Wollen öffnet man sich jedoch nicht der Erkenntnis. Dies ist kein Widersinn, obwohl man fragen könnte, »wie kann man etwas erreichen, ohne zu wollen«? Das Geheimnis liegt in einem Sichanheimgeben an das, was gewollt *wird* im Plane des Lebens.
Das Problem des »Erwachens« kann nur in diesem Verständnis jenseits aller rationalen Logik gelöst werden.

Es genügt, das Leben zu lieben, sich seiner Bewegung anheimzugeben, sein Gesetz zu erkennen und alles Übrige zu vergessen, um jede Ablenkung zu vermeiden.

Wenn man das Leben liebt, wenn man sich seiner Bewegung überläßt, gleich einem Musikliebhaber, der für einen kurzen Augenblick gänzlich der Musik angehört und alles übrige vergißt, entdeckt man nicht das, was man glaubt, sondern das, was »ist«.
Diese Entdeckung kann nicht erklärt werden. Man entdeckt das Wahre hinter dem Scheinbaren, das Wesentliche hinter seiner Verhüllung.

Wenn man das Leben liebt ohne logische Erklärungen, die das Wahre verdecken, betritt man den Weg, der vom Intellekt zur Geistigkeit führt, den Weg, der in die Neugeburt mündet.

XIX

VOM INTELLEKT ZUR GEISTIGKEIT

> »Die Umwandlung, zu der der initiatische Weg führt, betrifft den Menschen in seiner Gesamtheit«.
> Graf K. von Dürckheim

In allen Überlieferungen ist der Weg angezeigt, der zum Ziel die Umwandlung hat, die dem Menschen sein wahres Ausmaß verleiht. Auf diesem Weg verschwindet die Angst vor dem Tode, und Vorstellungen, Meinungen wie auch eingewurzelte Begriffe werden losgelassen, um im Enteilen des Augenblicks die Bewegung der Urkraft wahrzunehmen und so das Wesentliche zu erfassen.

Trotz mancher unbeantworteter Fragen erwacht man im Schreiten zum Bewußtsein, daß im Rhythmus dieser Bewegung, mit der man durch jeden Schlag seines Herzens verbunden ist, keine Erfahrung als endgültig angesehen werden kann. Unentwegt muß man sie berichtigen, obwohl die natürliche Trägheit sich gegen eine solche Berichtigung stemmt.

Man hat den begreiflichen Wunsch, sich in einem möglichst stabilen Universum behaglich niederzulassen. Aber dies ist unmöglich, solange jeder nur die Lehren, die seiner Erfahrung entsprechen, verstehen will. Man muß mangels Weisheit die Folgen seiner Versäumnisse tragen, die der Unkenntnis der Gesetze des Lebens entspringen. Die Beklemmung, die der mitleidlose Zwang des täglichen Pensums auslöst, kann nur überwunden werden, indem man die Notwendigkeit steter Erneuerung erkennt und annimmt, die jeweiligen Erlebnisse immer wieder neu zu verarbeiten.

Die Daseinserlebnisse bilden die Grundlage der Erfahrung und werden als Erinnerungen im Gedächtnis verstaut. Sie verlieren zwar mit der Zeit ihre Gültigkeit, formen aber trotzdem in ihrer Gesamtheit das Fundament des Wissens.

Die Gegenwart, die sich unentwegt in einer neuen Gegenwart fortsetzt, kann nur voll verstanden werden, wenn das im Gedächtnis verstaute Wissen nicht als Vergleichsgrundlage herangezogen wird; nur so wird das unmittelbar Empfundene abgeschirmt und vor einer abwegigen Auslegung bewahrt. Man stützt sich allzu oft auf das, was man zu wissen glaubt, und nicht auf das, was ist.

Der Intellekt ist ein unentbehrliches und kostbares Instrument, er soll aber nicht durch ständiges Einwirken unmittelbar erfaßte Eindrücke verfälschen. Er kann seine Funktion in vollendeter Weise nur dann erfüllen, wenn Veraltetes stets durch Neues ersetzt wird.

Auf diese Weise werden die Fähigkeiten des Menschen im Rhythmus der sich nie gleichbleibenden Erfahrungen ständig verfeinert, und die Angaben des Intellekts, so wertvoll sie auch sein mögen, werden niemals als etwas Endgültiges hingenommen.

Auf der letzten Etappe einer Reise, deren Ziel das Ewig-Wahre ist, muß eine Brücke überschritten werden, die vom Intellekt zur Geistigkeit führt.

Das Wort Intellekt kann unterschiedlich ausgelegt werden. Auf einer breiten Basis kann man es als die Gesamterfahrung des Menschen in den verschiedensten Gebieten des Raumes und der Zeit ansehen.

Was als Kultur bezeichnet wird, ist ebenfalls eine Gesamterfahrung, jedoch begrenzt auf die Bevölkerung eines Landes oder eines Kontinentes.

Die Geschichte der Menschheit im kaleidoskopischen Spiel des Daseins lehrt, daß Kulturen sich vermischen, meistens durch Kriege oder feindliche Einbrüche.

Der Intellekt des einzelnen ist immer wieder Spiegel unmittelbar geschichtlich erklärbarer Reaktionen, die seine Denkungsweise beeinflussen, ja sogar bedingen.

Die intellektuelle Integrierung aller bitteren und süßen Früchte der Erfahrung von heute, von gestern und auch von vorgestern, bilden die Grundlage von Sitten, Gebräuchen, Glauben, Theorien und Systemen, die einer Gedankenwelt entsprechen, welche vom Intellekt beherrscht wird.

Diese Beherrschung muß aufhören, will man die Gegenwart erleben.

Um den begrenzten Rahmen des also Bedingten zu überschreiten, bedarf man keiner »Technik«, obwohl des öfteren das Gegenteil behauptet wird.

Allerdings muß man verstehen, richtiger gesagt *sich* verstehen, und dies könnte man als eine Art »Technik« bezeichnen. Man muß verstehen, daß man unentwegt dem Volumen seines Wissens neue Elemente hinzufügt, ohne Veraltetes aufzugeben, wohl wissend, daß man das Zusätzliche benötigt.

Man muß verstehen, daß man unentwegt seine intellektuelle Bürde vergrößert während man seinen Wissensdurst zu stillen sucht.

Man muß verstehen, daß dies zwar eine scheinbar glänzende Organisation des Daseins ermöglicht, niemals jedoch zur harmonischen Ordnung führt, einer Ordnung die dem überweltlichen »Sein« entspricht.

Man muß verstehen, daß man sich mehr und mehr einer sogenannten allgemeinen Kultur unterwirft, die in keiner Weise die Lösung der persönlichen Konflikte erleichtert und auch nicht dazu verhilft, der geistigen Armut zu entrinnen.

Man muß verstehen, daß Schmerz, Empörung und Leiden Folgeerscheinungen der Unkenntnis sind.

Diese allein trägt die Verantwortung für eine Welt, die einer Pulverkammer gleicht. Eine Explosion ist vorauszusehen! Man fürchtet sie — und was tut man?

Man flieht nach vorwärts, möglichst mit geschlossenen Augen. Natürlich wird diese Flucht ausgenutzt in mancher Weise. So vor allem die Angst, die sie verursacht. Menschen beuten Menschen aus.

Der Wunsch nach Besitz wird durch Werbemittel aller Art angestachelt. Forderungen werden rücksichtslos eingetrieben. Soziale und berufsmäßige Konflikte werden politisch aufgebläht. Jeder glaubt oder behauptet, das Opfer dieser oder jener Gesellschaftsform zu sein, ohne sich Rechenschaft zu geben, daß jede Gesellschaftsform ein Spiegelbild der Konflikte und Wirrnisse der Menschen ist, die ihr angehören.

An Stelle einer Lösung menschlicher Probleme, die nur auf einer anderen Ebene gefunden werden kann, schafft man ständig neue Bedürfnisse, die neue Begehrlichkeiten nach sich ziehen, und der Mensch, im höllischen Kreislauf, vergißt das Wesentliche, nämlich seine eigene Verwirklichung.

Schwarze Magier scheinen am Werk zu sein, oder richtiger Hexenmeister, denn erstere wissen, um was es geht, während letztere blind umhertappen. Die innere Verwirklichung, behauptet Teilhard de Chardin, ist das große Abenteuer des Menschen, der sich endlich von seiner Unrast befreit.
Das große Abenteuer lädt den Menschen ein, das Reich des irdisch Begrenzten im Einklang mit der Harmonie des Unbegrenzten zu erkunden.

Im Einklang mit der Harmonie des Unbegrenzten gibt man sich der Bewegung des Lebens anheim, und diese Anheimgabe ist die Quelle der wahren Tugend, des inneren Friedens und der echten Einfachheit.

Der habgierige Mensch ersetzt die Tugend durch den Willen, den steten Appetit der physischen Kreatur zu stillen.

Er entwickelt seine intellektuellen Fähigkeiten, um im Rahmen einer Kulturgemeinschaft diese nach bestem Wissen produktiv zu gestalten.

Kultur ist sicherlich eine wünschenswerte Bereicherung des Daseins, aber die Problematik des Daseins wird von ihr nicht gelöst.

Der Weg zur inneren Verwirklichung, also zur Lösung der menschlichen Probleme im Dasein führt über die Selbsterkenntnis sowohl auf physischer, psychischer wie geistiger Ebene. Sie allein offenbart jedem seine Aufgabe und gibt somit jedem die Möglichkeit, seine Fähigkeiten bestens und richtigst anzuwenden. Unterwirft er sich jedoch den Anforderungen einer Leistungsgesellschaft, wird er Sklave der Maschine.

So kann er seinen Auftrag nicht erfüllen. Nur der freie Geist, unbeschwert von einem sich immer wieder ändernden Wissen und unberührt von allem, was keinen »lebenden« Wert hat, kann auf den Wegen des Daseins zu der Erkenntnis verhelfen, daß alles »Widersinnige« die Folge des Unverstandes, und daß »Empörung« eine Reaktion des Kreatürlichen ist.

Das Verkennen seiner eigenen Doppelnatur, der himmlischen und der irdischen, mündet in einen Zwiespalt mit sich selbst. Habgier der Kreatur und Sehnsucht des Geistes widersprechen sich. Um diesem Zwiespalt zu entgehen, entsagt man der Welt ganz, oder aber man verbeißt sich in eine Theorie, die man zu verbreiten sucht, überzeugt, sie sei die einzig richtige. Dies und vieles andere muß erkannt werden in vollster Freiheit, denn Freiheit als Grundlage aller Forschung ist die Brücke zur Geistigkeit.

Die Begrenztheit des Intellekts hat so manchen Fehlschlag in der Führung der Welt verursacht, und so ist die Zeit gekommen, die Brücke zu überschreiten.

Geistigkeit flößt Liebe ein, denn allumfassendes Verstehen bringt sie zum erblühen. Wollen, was gewollt wird, in der erhabenen Stille des

Verstehens, löst alle Schranken auf, die sich dem »Wahren« widersetzen.

Die Fallen aller Systeme und Theorien werden erkannt, und der Weg zur großen Befreiung öffnet sich. Geist und Leben sind im Wesentlichen ein und dasselbe, denn geistig ist das Leben, materiell seine Äußerung. Letztere kann Schmerz, Kummer und Leid herbeiführen als Folgen der Unkenntnis. Ist man auf richtige Weise da, ändert sich alles. Man verhält sich, handelt und denkt richtig und ruft nicht die Einbildung zu Hilfe, um zu verschleiern, was falsch ist.

Um sich in der Bewegung des Lebens mit seiner Umwelt zu identifizieren, muß man lernen, sich zu vergessen, nicht als Wesen, aber als Kreatur. Man öffnet sich dem Rhythmus der Umwelt, und dies ist die große Erfahrung oder das große Abenteuer, zu dem das Schicksal früher oder später führt. Sicherlich ist es erstrebenswert, aus eigenem Antrieb das Abenteuer zu wagen, ohne zu warten, daß äußere Umstände das Wagnis erzwingen.

Das Annehmen der großen Erfahrung bringt inneren Frieden, den Frieden des Herzens. Krieg ist die Projektion der menschlichen Konflikte. Der Frieden des Herzens löst alle Beweggründe zum Kriege auf.

Geistigkeit ist Verstehen. Um zu verstehen, muß man sich identifizieren. Dies ist nicht etwa ein Mittel zum Zweck, sondern ein Zustand des »Seins«.

Das Gesetz, sagte Jesus, ist das »Wort«. Man findet es nicht in den Schriften. Es ist lebendig im Herzen aller Dinge. Sucht es nicht anderweit, fügt er hinzu, sucht es in euch selbst.

XX

DAS GROSSE ABENTEUER

»Wähle als Freund einen Freund der Tugend«.
                                                    Pythagoras

Von den Höhen des Olymp, die der Nebel vor den Blicken Unbefugter schützt, beobachten die Götter die winzig kleine Kugel, von den Menschen Erde genannt.

Staubkorn, verloren in den unendlichen Weiten eines Universums, dessen Umfang so groß ist, daß er sich jeder irdischen Vorstellung entzieht, dreht sich die winzige Kugel um einen leuchtenden Stern. Dieser spendet Wärme, spendet Licht, spendet Leben. Staubkorn in kosmischen Weiten, auf dessen Oberfläche sich Mikro-Wesen bewegen, die, oh Verblüffung, sich bewußt sind zu »sein«.

In diesem Bewußtsein sind sie darauf erpicht, die Dinge des Lebens zu erforschen, und dieses letzte Kapitel soll den Leitfaden nochmals hervorheben, der diese Erforschung erleichtert.
Um die Dinge des Lebens zu erforschen, muß man das Gesetz des Lebens erkennen, denn nur in der Erkenntnis des Gesetzes des Lebens offenbart sich sein Geheimnis. Der Weg, der in das Arkanum des Gesetzes des Lebens führt, ist der initiatische.
Jeder Schritt auf diesem Wege ist ein Schritt vorwärts im Verständnis der Dinge des Lebens, und das große Abenteuer, das den Eingeweihten, der ihn durchschritten hat, erwartet, ist das Bewußtsein, die Schwelle des Todes lebend, d.h. bewußt, zu überqueren.

Alles bisher Erlebte soll, wenn es tief innerst erkannt wird, das große Abenteuer erleichtern, denn das Abstreifen aller Angst ist der Schlüssel, der die Pforte zur großen Befreiung öffnet.

Die Lehren, die der Autor dieser Zeilen zu erläutern suchte, wurden ihm übermittelt. Er hat nichts hinzugefügt außer seiner persönlichen Spiegelung.
Mögen diejenigen, die dem Autor die Aufgabe anvertrauten, das Übermittelte zu übermitteln und besonders derjenige, der seine Feder leitete, das zeitlos Wahre unverzerrt in dem Geschriebenen wiederfinden, denn nichts ist schwieriger, als es in Worte zu kleiden.

Möge der Leser verstehen, daß auf dem Wege der Erkenntnis die allzuverbreitete Gewohnheit zu urteilen, zu kritisieren, zu behaupten und Meinungen zu verfechten, die sich nicht auf erkannte Tatsachen stützen, aufgegeben werden muß.

Mangels Eingebung oder prophetischen Genius' urteilt, behauptet und handelt der Mensch teils aus Reaktion, teils auf Grund unzulänglicher Einsicht. Er besteht auf seinem angeblich guten Recht, ist bereit es zu verteidigen und ist überzeugt, daß sein Gegenüber dieses gute Recht falsch auslegt.
Nur Erkenntnis dessen, was »Ist«, ermöglicht es, alle Probleme ins rechte Licht zu rücken, um so und nur so die Lösung zu erleichtern.

Initiation im eigentlichen Sinne des Wortes ist ein Bewußtwerden und demnach eine Meisterschaft, die sich auf einer oder auf verschiedenen Ebenen auswirken kann — der des Gemütes, der des Intellektes, der der reinen Vernunft.
Jede durchschrittene Etappe auf dem Wege der Initiation vergrößert die Verantwortung dessen, der sie durchschreitet.

Wenn, bedauerlicherweise, ein Eingeweihter, verblendet von den sich ihm öffnenden Möglichkeiten, den linken Pfad wählt, kann er kaum ermessen, welch schweres »Karma« er heraufbeschwört, welch große Wirkungskräfte er entfesselt. Auch wenn der Schwarze Magier ausruft, »Tausend Jahre Macht gleichen die darauffolgende Verdammnis aus.« weiß er nicht, welch bösem Trugschluß er zum Opfer fällt.

Die Geschichte der Menschheit beweist, daß die Rachegöttinen, die

Erinnyen der Mythologie, weit schneller als er glaubt, den Unbesonnenen niederschmettern.

Die Rachegöttinnen der Antike personifizieren die entfesselten Energien, denen niemand entgehen kann, denn, um nochmals Goethe zu zitieren: »Es ist der Fluch der bösen Tat, daß sie nur Böses kann gebären«.

Der initiatische Weg steht in unserer Zeit jedem offen, der ihn sucht. Die zu bestehende Prüfung ist der Entschluß, ihn zu betreten, und die Ausdauer, auf ihm auszuharren.
Sie führt zur Stille des Inneseins, zur Wachsamkeit und endlich zur Erkenntnis.
Sie gebiert den inneren Frieden, der ein Gefühl des Glücks auslöst, nicht als Empfindung einer Zufriedenheit oder eines Genusses, sondern als Zustand.
Man ist glücklich, und alles wird einfach.

Probleme verschwinden wie weggeblasen. Die Welt lenkt einen nicht mehr ab, und man braucht ihr nicht den Rücken zu kehren. Im Gegenteil. Man ist mit der Umwelt tief innigst verbunden. Man ist tugendhaft, nicht aus ethischen oder moralischen Gründen, sondern weil man wahr ist.
Wahr sein ist lebenswichtig. Wahr sein vermeidet jedes Übermaß, jeden Verstoß. Wahr sein ist der Ausdruck größter Einfachheit.

Tugend und Einfachheit können und sollen nicht zielbewußt angestrebt werden. Nichts jedoch ist schwieriger, als ganz einfach und wahr da zu sein in einer Welt, in der alles sich mehr und mehr verwickelt.

Der Mensch, der einfach und wahr da ist, kennt keine Habsucht, hat keine Angst, vermeidet alles, was die Erweiterung seines Verständnisses hindert. Er erstrebt kein Resultat und läßt sich von den uneingestandenen Triebfedern seiner Gedankenwelt nicht irreführen, denn er weiß, daß die besten Absichten bisweilen verborgene Wünsche verkappen.

Einfach und wahr sein heißt sich selbst vergessen.
Man vergißt sich in dem, was man beobachtet, sieht, hört oder spürt. Man überlegt nicht, analysiert nicht, bekrittelt nicht und tadelt nicht, um zu verstehen.
Wahr sein ist ein Zustand des Verständnisses. Man mag nicht einverstanden sein, aber man versteht ohne Voreingenommenheit.
Verständnis ist Erkenntnis des Wesentlichen im Scheinbaren, der Einheit in der Verschiedenheit.
Erkenntnis im Loslassen aller falschen Begriffe ist der Licht-Faden, der aus dem Labyrinth der Wirrnis zur Harmonie der Ordnung führt.

Worte Jesu aus dem Thomas-Evangelium sollen dieses letzte Kapitel beschließen:
»Wer sucht, soll nicht ablassen zu suchen, bis er findet.
Wenn er gefunden hat, wird er höchst erstaunt sein, und wenn er höchst erstaunt ist, wird er in größter Bewunderung das Ganze meistern«.

NACHWORT

In einer Welt, in der sich die wissenschaftliche der metaphysischen Forschung annähert, in einer Welt, die mit Erstaunen feststellt, daß Stoff und Energie zwei Pole einer einzigen Wirklichkeit sind, ist es nicht verwunderlich, daß Gedankenströmungen Gegenströmungen hervorrufen und Theorien versuchen, das Warum und Wozu des Daseins zu ergründen.

Mehr denn je sucht die heranwachsende Generation Antwort auf die fundamentale Frage: »Woher kommen wir, wohin gehen wir?«, vielleicht ohne zu ahnen, daß dieses Mysterium seit jeher die Menschheit beschäftigt.

Je größer die Sehnsucht wird zu verstehen, um was es geht, um so mehr erweitert sich der Kreis derer, die versuchen, erklärend und leitend zu wirken, sei es befugt oder unbefugt.

Um den Pfad der Erkenntnis zu beschreiten, ist es nicht nur notwendig, sondern ausschlaggebend, Falsches vom Richtigen unterscheiden zu können.

Dies nach Möglichkeit zu erleichtern, ist der Sinn dieses Buches, nicht aber sein einziger.

Wachsamkeit und klare Einsicht sind unerläßlich, um nicht irregeführt zu werden. Die Erforschung der metaphysischen Dimension unserer Welt erfordert eine wesentliche Umwandlung, durch welche alles anders erschaut wird.

Den Schlüssel zum Paradies hat jeder in Reichweite. Das Schloß, zu dem er paßt, muß jeder selbst finden. Man kann vieles lernen auf der Suche nach dem »Warum« und »Wozu« seines Schicksals. Man kann Zufriedenheit finden in der Überzeugung, das Wesentliche gefunden zu haben, während man doch an einem Fehlschluß hängen bleibt.

Auf dem initiatischen Weg gibt es Lichtzeichen, die man erkennen soll, um ihn nicht zu verfehlen. Ausdauer ist dazu unerläßlich. Der Weg steht jedem offen, aber er kann nicht in Eile durchschritten werden.

Wenn man den Mut hat, den initiatischen Weg bis zum Ende zu durchschreiten, findet und erlebt man den inneren Frieden, Ausdruck des Wesentlichen, Widerschein einer Harmonie, die als Hypostase der Liebe alle Konflikte des Daseins löst.